悪党町奴夢散際

乾　緑郎

悪党町奴夢散際

プロローグ

東の空が明るくなる前に老人は釣り竿を片付け、鯉が入った魚籠《びく》を手に、人目につかぬうちに退散することにした。

江戸城の北、船河原橋の下流には堰《せき》があり、遥か遠く井の頭池から流れてきた神田上水は、そこで外濠の深瀬に流れ落ちる。

水音は激しく、昼夜を問わずひっきりなしで、そのため「どんど橋」と呼ばれていた。

堰上は溜まりになっており、ここで獲れる鯉は「紫鯉」と呼ばれている。頭から尾っぽの先まで濃い紫色をしており、たいへんな美味とされ、将軍家への献上品となっていた。

それ故に堰上は御留川（禁漁地）として庶民が釣り竿を出すことは禁じられていたが、この老人のように夜陰に乗じて狙う釣り人が後を絶たない。

広い溜まりの一町ほど上流には隆慶橋があった。帰ろうとしていた老人の目の端に、その橋の上で蠢《うごめ》く数人の人影が映った。

　月明かりはあるが、遠いので人相や格好はよくわからない。見廻りなどではなさそうだったが、老人は一応、手近な木の陰に身を隠した。密漁が見つかれば咎《とが》を受ける。

　人影はお互いに声を掛け合っているが、堰下に流れ落ちる水の音がうるさくて、会話の内容はよく聞き取れなかった。

　やがて、橋の欄干から押し出すようにして、何か大きなものが川に落とされた。

　あっと思っている間に、橋の上にいた人影は走り去って行く。

　老人は手にしているものを放り出すと岸際まで下り、流れてくるものを凝視した。

　最初に目に入ったのは、巨大な鯉だった。

　だがそれは、生きている鯉ではない。

　背中に彫られた、鯉の刺青《いれずみ》である。

「だ、誰か、誰か」

　隠れて釣りをしていた己の立場も忘れ、老人は助けを求める声を出した。

　俯《うつぶ》せになって、水面にゆらゆらと浮かんでいるその亡骸《なきがら》は、やがて老人がいる辺りまで流れてくると、岸沿いに打ち付けてある乱杭に引っ掛かって動きを止めた。

我に返った老人は、慌てて釣り竿と魚籠を拾い上げると、後ろも見ずにその場から逃げ出した。

慶安三（一六五〇）年、四月十三日――。

体中を膾《なます》のように切り刻まれて神田川に浮かんだ男の名は幡随院長兵衛《ばんずいいんちょうべえ》。

浅草花川戸で割元を営む、悪党町奴《まちやっこ》たちの頭領と言われている男だった。

1

物語は、ふた月ほど前に遡《さかのぼ》る。

「夢乃《ゆめの》が、旗本の青山播磨《あおやまはりま》を殺すと言っている」

盤面に指した「歩」を裏返し、「と金」に変えながら、放駒四郎兵衛《はなれごましろべえ》は呟いた。

「……待った」

向かい側に座った桜川五郎蔵《さくらがわごろぞう》が、腕組みしたまま唸り声を上げる。

西神田、雉子橋《きじばし》通りの一角にある湯屋の二階の座敷。

開け放たれた格子戸の外からは、涼しい風とともに、石町から響いてくる時の鐘が聞こえてくる。捨て鐘が三つ。それから少し間を置いて六つ。日暮れを告げる暮れ六ツ（午後六時頃）の鐘の音だ。

昼と夜では、この辺りの湯屋の様子は、がらりと変わる。

階下にある洗い場の一角には金屛風が立ち、年増の湯女《ゆな》が爪弾く三味線の音と、それに合わせた小唄が聞こえてくる。

日が傾いていくにつれ、行燈《あんどん》の点《とも》された薄暗い洗い場からは、客の背を流す湯女たちが、その耳元に囁きかける声や、酔った男たちの笑い声が耳に届いてくる。早めに陸湯《おかゆ》を使い、二階へ上がった四郎兵衛と桜川は、店の女に茶を汲ませて将棋を指していた。

一局指したら酒肴《しゅこう》を頼み、興が乗ったら女も抱いていくつもりだったが、負けた桜川が熱くなってしまい、二局、三局と指すうちに半刻（約一時間）以上も経ってしまった。

四郎兵衛が「待った」に応じ、指した駒を一手戻すと、桜川が盤面を覗き込んで唸り始めた。相変わらずの下手の横好きだ。

桜川とは、お互いに力士だった頃からの知り合いだった。数年前までは、よく一緒に稽古でぶつかり合い、真面目に汗を流していたものだ。

力士としては小兵だった四郎兵衛とは違い、桜川の上背は六尺以上あり、腹回りは四郎兵衛の三倍ほどある。その巨体が、背中を丸めて小さな駒を指したり戻したりして悩んでいる様は、いかにも滑稽だった。

長考に入ったようなので、四郎兵衛は茶のお代わりを頼むと、格子戸の敷居に寄り掛かり、通りを見下ろした。

「お侍さん、ひとっ風呂浴びて、遊んできなよ」

旗本か御家人と思しき、熊谷笠《くまがいがさ》を着けて顔を隠した男が、店先にいる湯女にからかうような声を掛けられ、気まずそうにそそくさと歩き去るのが見えた。

寛永十七（一六四〇）年に、御公儀が吉原の夜の営業を禁じてから、客足は完全に町場の湯女風呂が奪ってしまった。吉原が浅草寺裏に遷廓し、夜の営業が再開されるのは明暦の大火の後だから、まだ先のことである。

「……青山播磨というと、白柄組《しらつか》の播磨のことか」

そう言いながら、漸《ようや》く桜川が次の手を打った。

「白柄組」とは、大番旗本の三浦小次郎《みうらこじろう》が率いている旗本奴《はたもとやっこ》の組のことだ。

通りを見下ろしていた四郎兵衛は振り向いて盤面を見た。ひと目でわかる悪手だったが、桜川は自信満々でふんぞり返り、鼻の穴を広げている。

「そうだ。どうやら女を取られたらしい」

やれやれといった気分で、四郎兵衛は考えるふりをした。簡単に負かしてしまうと桜川は不機嫌になる。もう一局、いま一局となると、いつまで経っても飲み始められない。

「そのせいで夢乃のやつは、このところ白柄組の下っ端と見ると、見境なく因縁をつけて揉め事を起こしている」

夢乃とは、四郎兵衛の弟である夢乃市郎兵衛《いちろべえ》のことだ。

放駒四郎兵衛と夢乃市郎兵衛の兄弟は、町奴の「笊籬《ざる》組」を仕切っており、桜川も笊籬組の客分だった。

「放っておきゃあいいんだ。夢乃の女に手を出すとは馬鹿な野郎だぜ」

「そういえば、お前を襲ったのも白柄組の連中だったか」

「おうよ」

胡座《あぐら》を掻いている桜川は、着流しの裾から出ている太腿の内側を、かえでのように大きな手でばちんと叩いた。そこには幅一寸ほどの楕円形の傷跡があった。

賭けの対象になっていた勧進相撲で、旗本奴たちが贔屓《ひいき》する関取を倒す白星を挙げたことで恨みを買い、待ち伏せを受けて内股を竹槍で深々と突かれたのだ。それが元で桜川は跛行《はこう》するようになり、力士を廃業した。

「だが、意地の張り合いや喧嘩ならいいが、大っぴらに殺《や》るのはまずい」

やたらと桜川が促すので、四郎兵衛は仕方なく、先ほどとは違った位置に一手を指した。

「……う」

桜川が短く呻く。

「……待った」

もう何度目かわからぬが、四郎兵衛は指した手を戻す。わざと自分が負けるように手加減しているのだが、桜川は弱すぎて四郎兵衛が悪手を指しても気がついてくれない。

「こっそりと掠《さら》って殺せばわからんと夢乃は言っている」

また唸り始めた桜川に向かって、四郎兵衛は独り言《ご》つように呟いた。

実際、夢乃は血の気が多いから、本当にやりかねない。

だが、殺しとなれば男伊達の張り合いで済む話ではなくなる。

「……それで播磨の方は？」

いったん落ち着いて指し手を考えるためか、桜川はすっかり冷めた茶に手を伸ばして啜り、そう言った。

「夢乃を怖がって、こそこそと逃げ回っている」

「ふん。だったら四郎兵衛、お前が間に入ってけじめを取ってやりゃいいじゃねえか」

金子《きんす》を脅し取って和解させろということだ。

「播磨が逃げ回っているなら、三浦小次郎と話をすりゃいい。ありゃあ腰抜けだ。俺の時もそれで話がついた」

先ほど言っていた、待ち伏せされて竹槍で突かれた一件だろう。その時は、町奴の頭領である幡随院長兵衛が出張っていき、白柄組と話をつけたと聞いている。

「夢乃がそれで納得するかどうか……」

「たかが女の取り合いだろう？　金を取ってきてやれば夢乃も諦めるさ」

だったらいいが、と四郎兵衛は思う。

「なあ、もう諦めて投了したらどうだ。そろそろ将棋は仕舞いにして、酒肴を頼んで一杯やろうや」

唸っているばかりでいつまで経っても指そうとしない桜川に、さすがに苛々してきた四郎兵衛も口が滑った。

「俺を馬鹿にしているのか」

桜川の顔が、みるみる赤く染まる。

「してねえよ」

「さっきから、わざと手加減しているよな？」

「だったらどうだってんだ」

「てめえっ」

言うなり、桜川は厚さ三寸ほどもある分厚い将棋盤を、大きな手の平で掴んで立ち上がった。

ばらばらと将棋の駒が周囲に散らばる。

そのまま盤を振り上げて、頭をかち割ってやろうかという体勢を桜川は取ったが、四郎兵衛は懐手のまま、桜川を見上げた。

「負けるのが嫌なら、最初から平手で指そうなんて抜かすな」

「うるせえっ、うるせえっ、うるせえっ」

駄々っ子のようにそう叫ぶと、桜川は力任せに将棋盤を足下に叩き付けた。

床が抜けるかというような音が鳴り響き、階下から聞こえていた三味線の音と小唄の声が一瞬、止まる。

こうなると宥《なだ》めるのも面倒だが、桜川が本気で向かって来ないのは、四郎兵衛のことを内心では恐れているからだ。

力士時代の土の付け合いでは桜川に分があったが、刃物を抜けば四郎兵衛の方が強い。

四郎兵衛がいつも腰帯に呑んでいる得物は、道中差しとは名ばかりの刃渡り二尺の長ドスで、これまでにも、何人もの腹を刺したり耳を削いだりしている。大っぴらにはしていないが、陰では殺しもやっていた。

桜川も喧嘩となれば強いが、さすがに人を殺《あや》めたことはないだろう。

「座れ。飲み直そう」

三味線と小唄が再び聞こえてきたのをきっかけにして、四郎兵衛は穏やかにそう言った。

「……すまねえ」

ばつの悪い様子で桜川が呟き、腰を下ろそうとした時である。

階下が俄《にわか》に騒がしくなり、何者かが階段を上がってくる気配があった。

四郎兵衛はそちらを見る。綿入りの分厚い褞袍《どてら》を着込み、頭巾や笠で顔を隠した男たちが、階段を上がって四郎兵衛たちのいる座敷に押し入ってきた。

いずれも腰には大小の二本差し、柄《つか》の拵《こしら》えは白く、下緒《さげお》も白で統一されていた。白柄組だ。

そのうちの一人は頭に熊谷笠を被《かぶ》っていた。先ほど、通りで湯女に声を掛けられていた侍だ。

やがて男たちの背後から、やはり白い頭巾で顔を隠した、狐のように細い目をした男が現れた。押し入って来た連中の頭のようだ。

「……夢乃市郎兵衛だな」

男が確かめるように呟いた。

四郎兵衛と桜川は顔を見合わせる。

どうやら何か勘違いしているらしい。放駒四郎兵衛と夢乃市郎兵衛は、兄弟だけあって背格好や風貌がよく似ていた。座敷に上がる前、下でひとっ風呂浴びていた時に、おそらく白柄組の者がいて、夢乃が雉子橋通りの丹前風呂《たんぜんぶろ》にいると、仲間に知らせに走ったのだろう。もっと早く、様子がおかしいことに気づくべきだった。

「人違いだ」

舌打ちしながら四郎兵衛は言う。このところの夢乃は、播磨の命を狙って神出鬼没だった。どこに潜伏しているかは、兄である四郎兵衛も知らない。

白柄組の下っ端が何人か夢乃の餌食になっているから、探し回っていたのだろう。

そこに四郎兵衛が現れ、すわ夢乃がいると勘違いして仲間を集めたのだ。

「顔を隠しても目付きでわかる。お前、青山播磨だろう」

狐目の男に向かって四郎兵衛は言う。播磨と会ったことはなかったが、夢乃から、その風貌について聞き知っていたからだ。

刀の白柄の拵えをそのままにしているところを見ると、自分たちが白柄組であることを隠す気はないようだ。ただ、一人一人がどこの誰だかはわからないようにしたいのだろう。

播磨だろうと指摘され、狐目の男が狼狽《うろた》えた素振りを見せた。それが答えのようなものだった。

どうやらここには、白柄組の頭領である三浦小次郎はいないようだ。播磨が己の手下だけを連れて、やられる前にやれとばかりに夢乃を襲撃するつもりで来たのか、それとも表にも仲間がいて、三浦小次郎はそちらで待ち伏せているのか、それはわからない。

「ちょうどお前の話をしていたんだ。夢乃の女の件だが……」

四郎兵衛がそう言いかけた時、唐突に狐目の男が刀を抜き、それに合わせて他の数名も一斉に刀を抜いた。

問答無用のようだ。四郎兵衛が嘘をついて急場を凌《しの》ごうとしているものだと、最初から疑って掛かっている。

一人が桜川に斬り掛かり、もう一人が四郎兵衛に襲い掛かってきた。

丸腰だった桜川は、咄嗟《とっさ》にまた将棋盤を摑んで持ち上げると、それで刀を受けた。カツンという乾いた音がして、刃が将棋盤の固い木に食い込む。

慌てる相手の顔に、桜川が空になっている方の手で、強烈な張り手を打ち込んだ。

一撃は顎を捉え、相手が膝から崩れ落ちた。白い頭巾を被っている相手の頭頂部に向かって、桜川が容赦なく将棋盤を打ち下ろす。角が当たり、相手がぐえっと声を上げた。刀を放り出して両手で頭を押さえてのたうち回る。内側から滲み出てきた血が、たちまち白い頭巾を赤く染め始めた。

一方の四郎兵衛も、素早く腰帯に呑んでいた道中差しを抜いた。拵えに鍔《つば》はなく、受け太刀すると手元が危ない。

そこで四郎兵衛は相手が振り下ろしてきた刀を躱《かわ》そうとしたが、足下に散らばった将棋の駒で踵《かかと》が滑り、うっかり均衡を崩した。

刃先が四郎兵衛の首筋に触れる。血が噴き出すのを感じた。

「やりやがったな」

首筋を手で押さえて怒鳴り声を上げる四郎兵衛よりも、斬りつけてきた相手の方が、そのあまりの凄惨さに狼狽えて後退《あとずさ》った。

「おらあっ」

桜川が声を張り上げ、手にしている将棋盤を力任せに狐目の男に投げ付けた。

だが狙いは大きく逸れ、座敷の欄間にぶち当たって大穴を開ける。まともに当たっていたらあの世行きの一撃だった。

すぐさま桜川は相撲の仕切りの体勢を取り、刀を抜いている連中を少しも恐れず、奥にいる狐目の男に向かって突進し、ぶちかました。

現役の時のような勢いはなかったが、それでも凄まじかった。

桜川の頭突きは狐目の男の鳩尾《みぞおち》を捉え、二人は絡み合って階段を転げ落ちて行く。首から流れ落ちる血を手で押さえながら、四郎兵衛は残っている人数をざっと数えた。白頭巾を赤く染めてのたうち回っている一人を除けば、後は三人。だが、いずれも桜川の反撃の勢いと、全身を己の血で染めている四郎兵衛の凄惨さに、狼狽えて硬直してしまっている。

まず一番近くにいるやつの膝頭に正面から蹴りを入れて倒し、その隙に、熊谷笠を被った相手に斬り掛かった。先ほど通りを見下ろした時に見かけた男だ。

四郎兵衛が振るった刃は、笠の鍔をばさっと切り裂いた。躱されはしたが、よけた拍子にそいつは尻餅をついた。股間ががら空きだったので、思い切り金玉を蹴り上げる。爪先に蛙を踏み潰した時のようなぐにゃりとした感触があり、相手は呻き声を上げて悶絶した。

残る一人を四郎兵衛は睨みつける。もはや戦意を失っており、腰が引けたまま刀を前に突き出すみっともない姿を晒《さら》していた。

怒声とともに四郎兵衛が道中差しを横薙《よこな》ぎに振り回しながら近づいて行くと、短い悲鳴を上げてそれを刀で叩き落とそうとしてくる。

馬鹿らしくなり、四郎兵衛は首筋を押さえていた手で固く拳を握ると、隙を見て相手の顔の真ん中に思い切り叩き込んでやった。襲われたとはいえ、こんな場所で人殺しを働くわけにはいかない。前歯の折れる感触があり、相手が昏倒する。当分、飯は食えまい。

振り向くと、最初に膝頭を蹴って倒した相手が立ち上がろうとしているところだった。

四郎兵衛は跳躍すると、片膝をついて立ち上がろうとしていた相手の顔に、強《したた》かに膝蹴りを叩き込んだ。鼻の骨の折れる手応え。

ほんの一瞬の間の出来事だったが、座敷にいた四人の白柄組の下っ端どもは残らず床の上に倒れ、ある者はのたうち回り、ある物は半死半生で呻いている。

張り合いのない喧嘩だったが、うっかり最初に受けた太刀が、思っていた以上に効いていた。座敷の中に飛び散っている血の殆どは、四郎兵衛の体から流れ出たものだ。左手で再び首筋を押さえると、指の間から止めどなく溢れ出てくる。

こりゃあ、ちょっとまずいかもしれないぞ。

案外冷静に、四郎兵衛はそう感じた。喧嘩や刃傷沙汰は何度も演じているが、こんなに血を流したのは初めてだ。張っていた気が緩み、目先が霞んでぼんやりしてきた。血が体の外に出てしまったせいか、やけに寒っこく感じる。

桜川が心配で、階段を下りようとしたが、二、三段下りたところで踏み外し、そのまま階下まで滑り落ちた。

やはりというか、洗い場は騒然となっていた。

十数人いる湯女たちは、洗い場の隅でひと固まりになって震えている。客の殆どは裸のまま逃げ出してしまったようだ。騒ぎに気づき、何事かと通りから覗き込んでいる者もいる。

「おいっ、大丈夫か」

落ちてきた四郎兵衛に気づき、桜川が駆け寄ってきた。

「大丈夫なわけがねえ。播磨は？」

「逃げられた」

てめえで襲撃してきて、真っ先に逃げ出したか。

四郎兵衛は舌打ちしようとしたが、痺れていて口が動かない。

「桜川、お前も逃げろ」

この様子では、もう誰かが番所に走っていると見た方がいいだろう。

捕まる前に逃げた方がいい。

「四郎兵衛、お前は」

「後から行く」

それは桜川を逃がすための方便だった。こりゃたぶん死ぬな。四郎兵衛はそう悟っていた。将棋なんか指している暇に、最後に女でも抱いておきゃあ良かった。

絶命する前に放駒四郎兵衛が考えていたのは、そんなことだった。

2

「畜生っ、放駒に続いて、今度は長兵衛の兄貴まで……」

蓋を外した棺桶の中に横たわっている、経帷子《きょうかたびら》を着た幡随院長兵衛の亡骸に縋《すが》りつき、唐犬権兵衛《とうけんごんべえ》は、わんわん泣いている。

それを見て、お吟《ぎん》は呆れた声を上げた。

「みっともないねえ。いつまでもめそめそしてるんじゃないよ」

「うるせえっ、長兵衛の兄貴を行かせなければ、こんなことには……」

振り向きざまに、涙を拭いながら権兵衛が吠える。

月代《さかやき》に入れた独特の剃り込みは、「唐犬額」と呼ばれ、江戸で粋を気取っている連中の間では、ちょっとした流行《はや》りになっている。また、裄丈《ゆきたけ》を短くした衣服の袖口に針金を入れ、袖を張れば肘が出るようにしていた。

幡随院長兵衛の亡き今、町奴たちを束ねるなら「唐犬組」を率いるこの権兵衛が筆頭だといえたが、いかんせん長兵衛ほどの人望はない。

お吟は溜息をついた。権兵衛は見た目も粋で人情に厚く喧嘩も強いが、何しろ頭が働かないのが、他のすべてを台無しにしている。

町奴の頭領、幡随院長兵衛の葬儀は、骸《むくろ》が神田川に浮かんでから十三日後の四月二十六日に行われた。

施主は長兵衛の義父である山脇惣右衛門《やまわきそうえもん》。花川戸の屋敷を出棺した長兵衛の遺骸は多くの者に見送られ、葬列は長蛇となった。

湯島の源空寺で行われた会葬には数千人が集まり、境内の外まで溢れ出した。その殆どは町奴を気取る連中である。集まった供養代は五十両を超えた。

「俺が兄貴を止めるんだった」

まだくよくよと泣いていた権兵衛が口を開く。

その権兵衛に向かって、吐き捨てるようにお吟は言う。

「そんなの今さら言ったって、もう遅いってんだよ」

「何だと、てめえ」

権兵衛は薄く瞼を開いて眉間に皺を寄せ、下からお吟の顔を覗き込んで凄んでみせた。

「何さ、やるのかい」

並の者なら震え上がるところだが、お吟は「鶺鴒《せきれい》組」を束ねる女俠客である。まだほんの十六の小娘だったが、町奴たちの間では一目置かれている存在だ。

腰の後ろに帯びた匕首《あいくち》の柄をお吟は摑んだ。幼い頃より浅草聖天町にある佐々木《ささき》累《るい》の道場に通い、免許皆伝した腕前だ。いざ刃物を抜けば、そこらの男など相手にならない。

「やめろやめろ、つまらないことで喧嘩すんねえ」

口を挟んだのは、「笊籠組」の夢乃市郎兵衛である。

このところは姿を隠していたが、さすがに町奴の頭領である長兵衛の葬儀には顔を出した。ふた月ほど前に殺された兄の放駒四郎兵衛とは瓜二つである。違うのは総髪に顎髭を生やしているところくらいか。

「今は長兵衛の弔い合戦を考えるところだ」

夢乃は顎髭を指先で摘まみ、頻《しき》りに引っ張りながら言う。「南無阿彌陀佛《なむあみだぶつ》」と背に金糸で刺繡《ししゅう》した黒繻子《くろじゅす》の羽織を身に着けていた。腰には町人が佩《は》くのは禁じられている二尺五寸の長刀を閂《かんぬき》に差している。

「……水野十郎《みずのじゅうろう》を殺《ばら》すのか」

涙を拭いながら権兵衛が言う。

「だからあんたは馬鹿だってんだよ。水野がやったかどうかも、まだわからないじゃないか」

鳥が囀《さえず》るような高い声でお吟は口を挟んだ。いくら何でも短絡的すぎる。

「いいや水野だ。決まっている。長兵衛の兄貴は、やつの屋敷に呼ばれて行ったんだ。それから消息を絶って、神田川に浮かんだ」

吠えるように喚き散らす権兵衛の剣幕は、まさに二つ名にもなっている唐犬そのものだった。

旗本奴と町奴。

江戸の市中で敵対しているこの二つの勢力は、似ているようで根本が異なる。

いずれも破落戸《ごろつき》には違いないが、旗本奴の組を仕切っている連中は、その名の通り、士分である旗本の小倅《こせがれ》どもだ。腰には二本差し、中間《ちゅうげん》らを手下に従えて悪ぶっているような奴らだ。お吟にしてみれば、まったく粋とはほど遠い、いけすかない連中だった。

一方の町奴は、同じ悪党でも町人の集まりである。とはいっても無宿者や渡世人とは違い、それぞれ本業を持っていた。殺された四郎兵衛も、力士を廃業してからは植木職人として働いていたし、お吟も家業の楊枝屋を手伝っている。

権兵衛が口にした水野十郎とは、大身旗本である水野成貞《なりさだ》の長男、水野十郎左衛門成之《じゅうろうざえもんなりゆき》のことだ。水野家は徳川氏の外戚であり、由緒正しい家柄である。

だが、水野十郎本人は、「大小神祇組《だいしょうじんぎ》」なる旗本奴の組を率いており、幡随院長兵衛が町奴の頭領だと目されていたのと同様、旗本奴の総元締めと見られていた。

手下には高坂藩の大名、加賀爪甲斐《かがつめかい》や、五千石取りの旗本、坂部三十郎《さかべさんじゅうろう》などもおり、男意気だけで世を渡る町奴とは違い、地位があるだけに、余計にたちが悪い。

水野十郎の屋敷は裏三番町にあった。

何のために幡随院長兵衛がそこに一人で出掛けて行ったのかはわからないが、先頃にあった、旗本奴の配下である白柄組と、町奴の仲間だった放駒四郎兵衛の揉め事の手打ちのためだろうと言われていた。

「勇み足で水野を殺して、四郎兵衛がやられた時のように人違いだったらどうするつもりさ」

お吟がそう言うと、ふっと夢乃が表情を消した。

さすがのお吟も、余計なことを言ったかと、一瞬、背筋が寒くなる。

四郎兵衛と夢乃の兄弟は、見た目は瓜二つだったが、性格はまったく異なっている。夢乃は嫉妬深く恨み節が強くて、執念深い男だった。四郎兵衛が殺されたのも、夢乃の女絡みの揉め事からだとも聞いている。

笊籠組は、四郎兵衛の人望と、夢乃への恐怖で束ねられていた組だ。四郎兵衛が死んでからは、組から逃げるように足抜けする者が続出しているという。

「長兵衛の兄貴は、罠だとわかっていて堂々と一人で乗り込んで行ったんだ。子分をぞろぞろと引き連れて行ったら男が下がるからな。そこを、水野の野郎が卑怯にも……」

先ほどから権兵衛が喚き散らしているのは、町奴を中心に巷間で広まっている噂だった。

これまでの旗本奴と町奴の抗争の様子からいっても、水野十郎が幡随院長兵衛を騙して殺した疑いは強かったが、それは飽くまでも憶測であり、証拠がない。

源空寺の本堂には、権兵衛や夢乃、お吟の他にも、江戸じゅうの町奴の頭目たちが集まっていた。表にいるのは、その手下たちである。

号令があれば、そいつらが一斉に、江戸の市中で水野十郎や大小神祇組を付け狙うことになる。但し、長兵衛の仇討ちのために旗本の命を取るとなったら、こちらも死罪を覚悟しなければならなかった。

旗本奴と町奴は犬猿の仲で、普段から何かというと張り合っている。道端で因縁の付け合いや喧嘩になったりするのは日常茶飯事で、その程度ならお目こぼしもあるが、さすがに殺しとなると奉行所が黙っていない。

訴訟ごとになれば、これは士分である旗本奴の方がどうしても強い。町の喧嘩で身分を笠に着たら男が下がるから、旗本奴の連中は対等なように見せかけてやり合っているだけだ。

そこのところの胸三寸が、阿呆の権兵衛や、血の気の多い夢乃には、よくわかっていない節があった。

「さあ、もうみんないい加減にしな。お坊さんたちが困ってるじゃないか。物騒な話は後にして、長兵衛兄貴に引導を渡してもらおうや」

女でなけりゃ、こいつらを仕切るのは自分なのにと思いながら、お吟は言う。

本堂に集まっている人相の悪い男たちが、お吟に促されて、かしこまって座り直した。

唐犬組の下っ端が、慌てた様子で飛び込んできたのは、読経が始まって間もなくだった。

「あ、兄貴、権兵衛の兄貴」

「うるせえぞ。何だ」

坊主の読経の声を聞きながら、すんすん鼻を鳴らして泣いていた権兵衛が、そちらを睨み付ける。

「み、水野が……水野十郎が乗り込んできやがった」

境内に一歩、足を踏み入れた途端、そこらに三々五々と屯《たむろ》していた連中が、一斉に水野十郎左衛門の方を見た。

物騒な眺めだぜ――。

十郎の顔を見て、これみよがしに地面に唾を吐く者もいた。まるで江戸じゅうの悪党を一か所に集めたかのような眺めである。伝馬町の牢屋敷でも、もう少し品がいいだろう。

十郎は腰に差した大小の位置を直した。

ただそれだけで周囲に緊張が走る。

境内に生える欅《けやき》や銀杏《いちょう》の木に挟まれた参道を十郎が歩き始めると、道を塞いでいた連中が左右に広がった。表にいるのは下っ端ばかりで、十郎相手に因縁を付けてくるような肝っ玉の据わったやつはいないようだ。

ふと十郎が目をやると、本堂から飛び出してくる一団がいた。

先頭に立っているのは、月代に特徴的な剃り込みを入れた男だった。袖に針金を入れ、襟には厚く綿を詰めて、裾の着丈を短くして臑《すね》を出している。肌の見えているところからは刺青が覗いていた。何度か道端で行き合ったことがある。唐犬権兵衛だ。

他には黒繻子の羽織を身に着けた総髪の男、それに少々場違いな雰囲気の、金魚の柄が入った明るい色の小袖を着た小娘。さらに後ろからは外にいる連中よりさらに人相の悪い面々が、ぞろぞろと向かってくる。

「おう、何しに来た、こら」

権兵衛が顔を近づけ、さっそく吠え声を上げた。額と額が触れそうな距離である。

「供養代を届けに来た。それに香も上げさせてもらおう」

「一人か」

「ああ」

「……いい度胸だ」

口元を歪めてそう言うと、権兵衛は周囲で固唾を呑んで見守っている手下どもに向かって声を張り上げた。

「手出し無用だ！　長兵衛兄貴の大事な葬儀だから、寺領で血腥《ちなまぐさ》い真似はするな」

そしてもう一度、十郎を睨みつける。

「一人で来た度胸に免じて、供養代だけ受け取ってやる。手下を連れてきていたら、今ここで簀《す》巻《ま》きにしていたところだ」

「ふん」

十郎は鼻を鳴らすと、懐から供養代の入った包みを取り出し、権兵衛に渡す。

受け取った包みを、権兵衛は額も改めずに、傍らにいる黒繻子の男に放って寄越した。

「今日は見逃してやるが、大小神祇組の連中を一人一人、お礼参りで嬲《なぶ》り殺していくから、覚悟しときな」

権兵衛のその言葉を聞いて、周囲の者たちが歓声を上げる。

「……お前の配下の白柄組もだ」

付け加えるように、ぼそりと黒繻子の男が言った。

これは話の通じる様子ではない。そう判断し、十郎は引くことにした。

下っ端どもの罵声を背中に浴びながら源空寺の外に出ると、十郎はもう一度、境内を振り向いた。

権兵衛たちもこちらに背を向け、本堂に戻っていくところだった。

――厄介なことになりそうだ。

十郎はそう思った。

3

「お前が殺ってないというなら、じゃあ幡随院長兵衛を殺ったのは誰だ」

訝しげに眉根を寄せ、口を開いたのは加賀爪甲斐だった。

「知るか」

水野十郎は盃に注いだ酒を呷《あお》る。

「何者かが十郎を陥れようとしているということか」

続けて坂部三十郎が声を出す。

幡随院長兵衛の葬儀があってから数日後、旗本屋敷が建ち並ぶ麹町通りの北。裏三番町にある水野家の屋敷に、大小神祇組の三人は集まっていた。

「早合点はやめておけ。たまたま拙者と会った帰りがけに、襲われたという線もあり得る」

十郎がそう言うと、加賀爪と坂部はお互いに顔を見合わせた。

加賀爪甲斐は、ひょろりと背が高く、妙に手脚が長くて、蟷螂《かまきり》のような風貌をしている。元は将軍家光の小姓を務めていたが、十年ほど前に家督を継いでからは一万石取りとなり、高坂藩主に収まっている。

一方の坂部三十郎は、こちらも五千石取りの大身旗本である。加賀爪とは対照的に、亀のように手脚が短く、ずんぐりとした体格をしていた。

徳川氏の外戚、水野家の嫡子である十郎は、家格はこの二人よりも上だが、お役に就くのを嫌って逃げ回っている穀潰しだ。

ところがこれが、旗本奴の間の格では、加賀爪も坂部も十郎の手下となる。

金地墨絵の襖に囲まれた客間の、塗框《ぬりかまち》の床の間には狩野家の筆による掛け物が飾られており、砂鉢に杜若《かきつばた》が活けてあった。三人は行燈のぼんやりとした明かりの中、車座になって膳を向かい合わせている。

ほんの十数日前、同じこの客間で、十郎は殺された幡随院長兵衛と会っていた。

白柄組が放駒四郎兵衛を襲撃し殺した件の手打ちのためである。

その時のことを、十郎は思い出す。

「……四郎兵衛の件で、先に手を出したのはこっちだ」

十郎の呼び出しに応じ、水野邸に出向いてきた長兵衛は、客間に座り込むと、早速、十郎を見据えてそう言った。

派手な縞柄の丹前姿で、緩く帯を締め、胡座を掻いた着流しの裾からは、毛むくじゃらの内股と紫色に染められた下帯が覗いている。

まずその旗本を恐れぬ無礼な様と、一人で来た腹の据わり具合に十郎は感心したが、配下の者を殺されていきり立っているだろうと思っていた長兵衛は、十郎以上に冷静だった。

「その場にいた桜川の話では、襲撃したのは白柄組の連中、首謀者はおそらく青山播磨であろうということだ」

長兵衛の言葉に十郎は頷く。白柄組は、旗本奴の筆頭である大小神祇組の配下の組である。青山播磨とも十郎は面識があった。

「元を正せば、くだらぬ女の取り合いに端を発したいざこざだ。お菊《きく》とかいう女らしいが……」

「その女、今は青山家で女中に収まっている」

それは十郎が、白柄組の頭である三浦小次郎から聞き出した事情だった。播磨が横取りしたというよりは、そのお菊という女が、夢乃に愛想を尽かして勝手に靡《なび》いたらしい。

「やはり、夢乃のやつの逆恨みか」

長兵衛は懐手に腕組みして唸る。

「そちらがどう出るつもりかは知らんが……」

言いながら、十郎は銚子を手にして長兵衛の盃に酒を注ごうとする。

拒否されるかと思ったが、長兵衛はそれを素直に受けた。

「白柄組でも、夢乃の闇討ちに遭って大怪我を負った者が何人もいる。本来は夢乃の命で贖《あがな》ってもらわなければならんところだ」

「だろうな」

長兵衛が頷いた。これほど話の通じる相手だとは、十郎も思っていなかった。

どうやら長兵衛は、そもそもこのいざこざが、女の取り合いに端を発していることが気に入らない様子だった。

それは十郎も同じだ。旗本奴と町奴の違いはあれど、どちらも男伊達を磨くのが本道である。それが女絡みの嫉妬、しかも逆恨みでは、あまりにもみっともない。

「夢乃は足を洗わせる」

長兵衛の方からそう言い出した。

「だが、こちらは四郎兵衛が命を落としている。播磨からけじめを取りたい」

「なるほど。丸く収めるにはそれしかあるまいな」

長兵衛の方が、かなり譲歩した条件だった。おそらく、播磨から受け取った金を夢乃に渡して説得し、その上で町奴の仲間内からは排除するつもりのようだった。

十郎が長兵衛の立場でも、同じことを考えるかもしれない。夢乃のように感情に走って後先考えずに揉め事を起こす男は、敵に回すと怖いが、味方にすると厄介だ。

「不要な争いごとは、こちらも望んでいない」

銚子を手に酒を勧めてきた長兵衛に、十郎もそう返事をして盃を受けた。

お互いに賢明な判断だった。殺った殺られたを繰り返していては、いずれ旗本奴と町奴の間で全面抗争になる。

「ところで長兵衛、お主は浅草花川戸で口入れ屋を営んでいるそうだな」

「ああ。女房の実家の家業を手伝って、人足たちの割元をしている」

十郎は頷いた。町奴たちは破落戸ではあるがやくざではない。それぞれ本業を持っている。そこが武家の放蕩息子ばかり集まっている旗本奴とは違うところだ。

「近く拙者は小普請組《こぶしんぐみ》に入るつもりだ。そのうち世話になるかもしれぬ」

「お断りだ」

長兵衛の無下な返事に、十郎は苦笑を浮かべた。

近頃、父の成貞は体の具合が思わしくなく、さすがの十郎も遊び回っているわけにはいかなくなった。水野家の出だから、十郎が望めば役にも付けたかもしれないが、敢えて十郎は小普請組を志願した。

小普請組は、本来は公儀が所有する建物の修繕などを負う義務を持つが、実質は禄高三千石以下の無役の者たちがこれに組み込まれる。肩書きだけで、普請がなければ殆ど何もすることがない。要するに十郎は、自ら望んで責任ある立場を避けたということだ。

「まあ、そう嫌うな」

十郎は再び長兵衛の盃に酒を注ごうとしたが、うっかり手元を滑らせて銚子を長兵衛の股の間に落としてしまった。

「あっ、すまぬ」

「……てめえ、わざとじゃねえだろうな」

長兵衛が低く押し殺したような声を出した。こぼれた酒が長兵衛の着物の股間を濡らし、まるで小便でも漏らしたようになっている。

「これじゃみっともなくて表を歩けねえ」

舌打ちして長兵衛が言う。

「ならば、ひとっ風呂浴びていったらどうだ。その間に召し物は洗わせて、着替えを用意させよう」

「謀《はかりごと》じゃねえだろうな」

疑り深い調子で長兵衛が言う。

「信用ならぬなら、刀を担いで湯船に浸かったらどうだ」

「ふん。造作になろう」

さすがに長兵衛も、そこまで言われては勘繰ることもないと感じたようだ。無論、十郎に何か含むところはない。

その夜にあったことは、それだけだった。長兵衛は気分良く風呂を浴び、ほろ酔いで水野邸を後にしたのである。


「その帰りがけに、何かあったということか」

じっと黙って十郎の話を聞いていた加賀爪がそう言った。

「そういえば、先頃も金貸しの座頭が何者かに襲われて、どんど橋の辺りに浮かぶ一件があったようだが……」

顎に手を添えて思い出すようにしながら坂部が口を挟む。

「辻斬りか？　まさかお主の仕業ではあるまいな」

十郎が言うと、慌てて坂部が頭を振った。

「座頭を斬った覚えはない」

では、座頭でないなら斬ったことがあるのかと喉元まで言葉が出掛かったが、藪《やぶ》蛇《へび》なので控えた。

近頃は巷間でも、「夜更けて通るは何者ぞ。加賀爪甲斐か泥棒か、さては坂部の三十か」などと小唄にされている二人だ。腕試しに夜陰に乗じて町人を斬るような真似をしていてもおかしくはない。

「行きずりの強盗にでも襲われたか、そうでなければ誰かから恨みでも買っていたか……」

「いかに酔っていたとはいえ、長兵衛が強盗如きにやられるとは思えぬ」

座頭殺しの一件が何なのかは知らないが、同じやつらに襲われたとは考えにくい。

「ならば……」

三人の頭に、同じ顔が浮かんだようだった。

「長兵衛を殺ったのは夢乃か？」

唸るように加賀爪が言った。あり得ることだった。

四郎兵衛が死に、笊籬組は殆ど解体していると聞く。長兵衛がこの件を手打ちにしてしまえば、夢乃はそれに従うより他ない。

水野邸に呼び出された長兵衛の目的が、放駒四郎兵衛の一件を手打ちにすることだと知った夢乃に待ち伏せされたか、それとも水野邸を辞した長兵衛が夢乃と会い、そこで揉めたか。

女を寝取られ、兄である四郎兵衛を殺された夢乃が、手打ち金では納得しなかったことも考えられる。

長兵衛が死んだ後も、相変わらず夢乃は青山播磨を付け狙っているという噂だった。

葬儀の時に会った夢乃の姿を思い出し、十郎は空恐ろしい心持ちになる。

だがそれも、飽くまで推察の域を出ない。町奴たちの間では、十郎が長兵衛を自邸に誘い出した上で騙し討ちし、手下に亡骸を捨てさせたと広く噂になっている。

これも、誰かが流言を撒き散らしているようにも思える。

わざと唐犬権兵衛らを焚き付けて恨みつらみの矛先を水野に向け、襲わせようと画策しているようにも感じられた。

十郎にも体面があり、卑怯な真似をして町奴の頭領である幡随院長兵衛を殺したと思われては沽券に関わる。

だが、いきり立っている町奴たちには、今は何を言っても無駄だろう。長兵衛殺しの下手人《げしゅにん》を炙《あぶ》り出して捕まえ、町奴どもに突き出すのが、唯一の解決方法に思えた。

「ところで、十郎」

少し酔いが回ってきたのか、呂律《ろれつ》の回らぬ口調で坂部が口を開く。

「近く、お主に会わせたい若いのがいる。我が大小神祇組の男伊達に憧れ、己も麾《き》下《か》に加わりたいと……」

「どこの誰だ」

十郎の代わりに、加賀爪が問う。

「先手組弓頭であった中山直定《なかやまなおさだ》殿の御嫡男で……」

客間の襖が突然、勢いよく横に開かれたのは、坂部がそんなことを言い掛けた時である。

「あんたら、また悪巧みの相談をしているね」

小袖に打掛を羽織った背の低い女が、稽古用の薙刀《なぎなた》を手にして立っていた。

「出て行きな、お前とお前」

そして木刀になっている薙刀の先で、加賀爪と坂部を続けて指す。

「いや、これは……」

十郎は慌てて女を制しようとした。

加賀爪は顔色を青くして狼狽えている。

「何だ、この女は」

坂部だけが、酒臭い息を吐きながら低く脅すような声を上げ、女を睨み付けながら腰を上げた。

「待て、坂部」

女が何者かを知っている加賀爪が止めようとする。

だが少しだけ遅かった。

女が、その小さな形からは想像できないような膂力《りょりょく》で、坂部の鳩尾を突いた。

まさか本当に手を出してくるとは思っていなかったのか、立ち上がりかけていた坂部が短く呻いて仰向けに倒れる。

「刃物が付いてなくて良かったねえ！　稽古用の薙刀じゃなけりゃ、あんた死んでるよ」

女が甲高い叫び声を上げる。続けて薙刀を振り上げ、坂部を滅多打ちにし始めた。

「母上、何卒、何卒、ご勘弁を。拙者どもは仲良く語らいながら酒を酌み交わしていただけでござる。けして悪巧みなど……」

十郎は女の打掛に縋りつき、必死になって止めようとする。

「は、母上だと？」

頭を守って蹲《うずくま》るばかりだった坂部が、目を丸くして女と十郎を見上げる。

「うるさいっ、この穀潰しが！　何が大小神祇組だい。うちの人が若い時は、もっと堂々としていて粋だったよ。お前らみたいに、隠れてこそこそ悪事を働くような真似はしていなかったさ！」

半狂乱に叫びながら、狭い部屋の中で長柄の薙刀を振り回すものだから、危なくてしようがない。縋りつく十郎を振りほどこうと、額や鼻面に何度も肘打ちを叩き込んでくる。

「加賀爪、坂部、すまぬ。父上の容体が思わしくなく、このところ母上は機嫌が悪いのだ。今日は帰ってくれ」

十郎は鼻から血を流しながら、懇願するように言う。

加賀爪と坂部が頷き合い、逃げるように出て行くと、漸く女も落ち着きを取り戻した。

「十郎、座りなさい」

そして有無を言わさぬ口調で言う。仕方なく十郎は従った。

十郎の母、お萬《まん》の方は、阿波国徳島藩主であった蜂須賀至鎮《はちすかよししげ》の娘である。元は二十五万七千石の姫君だ。これが何ゆえにたった三千石取りの寄合旗本だった十郎の父、水野成貞に嫁ぐことになったのか。

若き日の成貞は、名の知れた傾《かぶ》き者だった。役者や侠客風に、髷《まげ》の刷毛先《はけさき》まで伊達に仕上げ、背中に髑髏《どくろ》模様の入った鼠地の羽織姿で徳島藩の藩邸の前を通りかかった成貞の姿を見て、萬姫と呼ばれていた娘時分のお萬の方が一目惚れしてしまったのだ。

それからは、水野成貞のところでなければ嫁に行かぬと我が儘を言って周囲を困らせ、当の成貞にも家格が違いすぎると何度も断られたが、とうとう意地を張り通して押しかけ女房よろしく水野家に嫁いできてしまった。

そんな直情的な女だから、旗本奴の頭領を気取っている十郎でも、どうも頭が上がらない。

お萬の方は十六歳の時に十郎を産んでいるから、まだ齢《よわい》も三十半ばである。実際にはそれよりも、さらに十歳ばかり若く見えた。

客間に入り込んできた時、咄嗟には坂部も、これが十郎の母君だと思わなかったのも無理はない。

お萬の方は、今度は薙刀を放り出し、十郎の目の前で床に突っ伏して、わんわん泣き始めた。

「父君があの様子だというのに、ほんにお前は悪さばかり働いて遊んでばかりで、母は情けなくて情けなくて……」

父の成貞も、まだ五十にも手が届かぬ若さだったが、このところは体調を崩し、殆ど寝たきりになっている。医者の話だと、そう長くはないらしい。年を越せるか越せないか、そんな按配だという。お萬の方の心が荒《すさ》むのも無理はない。

十郎が観念して放蕩をやめ、小普請組に入って真面目に勤めようと考えているのも、そのためだった。

「母上、すまぬ。もう心配は掛けぬようにするから……」

打って変わって弱々しい姿を見せているお萬の方の背を擦《さす》りながら、十郎は優しく声を掛ける。若き日の父もそうだったらしいが、十郎もこの母には辛く当たることができず、振り回されてばかりだ。

気性は激しいが、生家には遥かに及ばぬ禄高の旗本の家に嫁いでも、成貞さえ一緒なら幸せという一途さを持った女だった。

4

「ああんっ、美代次《みよじ》さまあっ」

桟敷席の手摺りから身を乗り出し、左右から口を包むように手の平を添えて、お吟が必死に黄色い声を上げている。

「何でえ、あれは。女形《おやま》じゃねえか」

腕組みして隣に座り、一緒に芝居を見物していた唐犬権兵衛がそう呟くと、お吟の裏拳が顔面に飛んできた。

「痛えっ」

狙ってやったのか、鼻面の一番痛いところを強かに殴られ、権兵衛は顔を押さえて仰《の》け反《ぞ》って倒れる。

「ちょいとうるさいよ。今からいいところなんだから黙っといてくれ」

お吟は権兵衛には目もくれない。

「てめえ、お吟……」

「いい、いい。構わねえ」

唐犬組の手下、猪首庄五郎《いくびしょうごろう》が腕まくりして立ち上がろうとするのを制し、権兵衛は起き上がった。手の甲で鼻の下を拭うと、微かに血の筋がついた。舌先を伸ばして舐めると、塩っ辛い味がする。

権兵衛も花道の方を見ると、先ほど登場した女形の役者が、扇子で顔を隠しながら、勿体ぶった足取りで舞台に向かって摺り足で歩いている。

お吟の横顔を見ると、大きく見開かれた瞳の奥に星が舞っていた。こうなると女侠客らしきところは微塵も感じられず、そこらの小娘のようにしか見えない。

江戸、葺屋町――。

この界隈は泉州堺から移ってきた村山座の他、浄瑠璃や人形芝居の小屋が林立しており、それらの客を相手にした芝居茶屋も並んでいる。吉原が近いせいもあり、江戸では最も賑わいのある一角だった。

お吟が小芝居の一座の役者に入れあげているという話は聞いていたから、武骨な男伊達の役者かと思っていたが、まさか女形だとは思わなかった。

間口五間ほどの狭い舞台からは、土間席を挟んで向正面と上手下手に、高さ一間ほどで回廊のように桟敷席が設えてある。丸太を組んで床に板を張り、竹で手摺りを渡したような粗末な作りのものだ。地面に茣蓙《ござ》を敷いただけの土間席は青天井で、屋根があるのは舞台だけである。

「そらっ、いくよっ、せーのっ」

舞台に辿り着いた、その美代次とかいう女形が見栄を切って扇子の下の顔を出すと同時に、お吟が周囲を固めている鶺鴒組の手下どもに掛け声をかける。

「にっぽんいちーっ」

二十数人はいる鶺鴒組の破落戸たちが、一斉に声を張り上げた。

見たところ、はしゃいでいるのはお吟だけだ。舞台上の美代次とかいう役者も、やりにくそうに目を泳がせている。なよなよした野郎は権兵衛は嫌いだったが、さすがにこれには同情した。

「これじゃちっとも話ができねえ」

ぶつくさと権兵衛は独り言つ。歌や踊りを観るのは好きだが、権兵衛は芝居見物はあまり好きではない。少し入り組んだ話だと、途中で筋が追えなくなるからだ。

「権兵衛の兄貴、どうするんで」

庄五郎が、二つ名にもなっている猪首をさらに縮こめて小声で囁く。

「終わるまで待つしかねえだろ」

腕組みして唸りながら権兵衛は答えた。

桟敷席に陣取っているのは、権兵衛と庄五郎の他は、お吟の手下である鵺鴒組の連中が殆どだ。舞台正面の一番良い席を占領しているものだから、柄が悪い上に騒がしくて仕方ない。土間席を見下ろしても、そちらにいる客は両手の指で数えられるくらいにまばらだった。

「おい」

手近にいるお吟の手下の髷を掴んで顔を引っ張り寄せると、権兵衛は問うた。

「お前らのところの姐《ねえ》さんは、いつもこの調子なのか」

「このところはすっかり夢中で……」

手下はお吟の顔色をちらちらと盗み見ながら、困ったようにそう言った。

権兵衛の用件は、殺された幡随院長兵衛のお礼参りの件、そして夢乃市郎兵衛の件について、お吟と話すことだった。

水野十郎に、どうやってひと泡吹かせてやるか、唐犬組の手下どもと、雁首そろえて頭を捻って考えたが、どいつもこいつも犬みたいに唸るばかりで気の利いた案の一つも出てこない。

そこでここは一つ、頭の回るお吟の知恵を拝借しようとわざわざ赴いてきたのだが、どうもお吟は、長兵衛兄貴との付き合いも浅かったせいか、水野ら旗本奴どもと事を構えることに、あまり乗り気ではないようだった。

そもそも鶺鴒組は、権兵衛率いる唐犬組のように血の気の多い連中が集まっているわけではない。お吟が一人で男百人力の強さだから、半端な連中が、それを慕って群がっているだけの組だ。つまりお吟の他は、烏合《うごう》の衆である。

「いよおっ、この色男！」

「千両役者！」

お吟にそうしろと言われているのか、美代次が舞台上で何かする度に、野太い男の声で、次から次へと掛け声が浴びせられた。それにしても女形を演じているのに色男とは、盛り上げるつもりにしても気が利かない。

仕方なく、権兵衛は手元の徳利から盃に酒を注ぐと、庄五郎と二人で手持ち無沙汰に飲《や》り始めた。

空はよく晴れて青く澄み渡っており、心地良い陽気だ。土間席の上を白い蝶々が一匹、ふわふわと舞っているのが風流だった。小屋もこぢんまりしているが、芝居の方も出ている役者は数名ばかりで、一人が何役も掛け持ちでこなしている。客がまばらなのは、けして芝居の出来がまずいからという理由ではなさそうだ。

おそらく原因はお吟たちだろう。同じ町奴である権兵衛が言えた義理ではないが、こんな連中が連日押し掛けて屯しているような小屋に、真っ当な客が寄り付く筈がない。一座もだいぶ迷惑しているに違いない。

お吟が手下をぞろぞろ連れてきているのは、客入りを心配してのことなのかもしれないが、まさかそのせいで余計に他の客を遠ざけることになっているとは、お吟本人は夢にも思っていないようだ。

「兄貴、あの女……」

酒を啜りながら、庄五郎が権兵衛の肘を突いてくる。

「ああ、わかっている」

その視線の先には、端正な顔立ちをした小年増の姿があった。

お吟の隣で、行儀良く背筋を伸ばして端座し、芝居を観ている。薄目を開けたまま、先ほどから殆ど表情にも動きがなく、楽しんでいるのかいないのかもよくわからない。

男装をしているが、女だというのはひと目でわかった。四つ目結の紋が入った黒《くろ》縮緬《ちりめん》の羽織に、腰には大小を差している。

総髪を頭の高いところでひと纏《まと》めに髷に結っており、横顔は凜々《りり》しく、太い眉が意志の強さを感じさせた。芝居の途中から入ってきた権兵衛は、まだこの女と言葉を交わしていなかったが、聞かずとも誰かは察せられた。

おそらく、お吟が師匠と仰いでいる浅草聖天町で道場を開く女剣客、佐々木累だ。下総国古河《しもうさのくにこが》藩で剣術指南役を務めていた佐々木武太夫《ぶだゆう》の娘であり、大老であった土井《どい》大炊頭利勝《おおいのかみとしかつ》の奥方の護衛を仰せつかったこともあるという女だ。お吟が芝居見物に誘い出したのだろう。

「で、何の用さ、権兵衛」

やがて芝居が中入りになると、満足げに大きく伸びをしたお吟が、やっと権兵衛の方に向き直って口を開いた。

「俺がお前に用があると言ったら、例のことしかないだろう。水野十郎へのお礼参りの件だ」

「あーあ、嫌だねえ。美代次様の綺麗な顔を見た後に、血腥い話なんかされたら気分も台無しだよ」

心からうんざりした様子でお吟が言う。

「さあ、先生。芝居茶屋に、お昼の用意をさせています。参りましょうよ」

小娘のお吟が、この小年増を先生などと呼ぶと、まるで長唄か裁縫か、それとも手習いの先生のように聞こえる。

「だが……」

女が、少し戸惑ったような表情を浮かべた。

「この人たちはお主に何か大事な話がありそうだ。いいのか、お吟」

口調まで男のようだったが、その声音は高く澄んでいた。

「佐々木累だな？」

権兵衛がそう言うと、お吟の拳が再び顔に向かって飛んできた。

今度は殴られるがままではなく、素早くその拳を権兵衛は手の平で受ける。

「お前如きが呼び捨てにしていい相手じゃないよ。言い直しな」

お吟の口調に、先ほどまでの軽口めいた雰囲気はなかった。権兵衛の返事次第では、今度は拳ではなく刃が飛んできそうな按配だ。

「構わぬ」

一触即発の二人の空気を、累が制する。

「いかにも私は浅草聖天町の佐々木累だ。町奴の唐犬権兵衛殿だな？　噂には聞いている」

「こいつは嬉しいぜ。江戸じゅうに名を知られた女剣客に名前を覚えてもらっているとは光栄だ。会うのは初めてだよな、佐々木累殿」

ふん、と鼻を鳴らしてお吟が拳を引っ込める。

「おそらく」

累が頷く。

「累殿が言ってくれた通りだ。お吟、俺たちとの話はどうなっているんでい」

「まだ幕間だよ。芝居が終わってからって言ったじゃないか」

機嫌を損ねたのか、お吟は取り付く島もない。

小袖の膝の辺りを払いながら立ち上がると、お吟は見下ろすようにして、まばらな入りの土間席の客たちに向かって声を張り上げた。

「今日、観に来ているお客さんたちは、美代次様の芸の良さがわかる、目の肥えた通のお客さんたちだね。私は嬉しいよ。この鶺鴒組のお吟が、酒と肴《さかな》を馳走するから、その気なら一緒に芝居茶屋まで付いてきな。遠慮はいらないから、腹一杯飲み食いしておくれ」

お吟は気風《きっぷ》良く言ったつもりのようだったが、誰も目を合わせようとしない。中入り後には、さらに客が減っているかもしれねえな、と権兵衛は思った。

権兵衛がちらりと累の方を見ると、同じ事を思っていたのか、微かに頷いた。それにしても、この女は薄目を開いたまま、あまり表情が動かない。

「何だい、みんな行儀がいいねえ……」

「俺も付いて行ったら馳走してもらえるのか？」

残念そうに呟くお吟に、権兵衛が冗談まじりに声を掛ける。

「できれば他に行っとくれ。私は先生と、おいしいものを食べながらゆっくり女子《おなご》同士でお喋りをしたいんだ」

どうもお吟は、権兵衛を軽く見ているところがある。相手が男だったら粋がらせないように締めてやるところだが、お吟が相手だと権兵衛もあまり腹が立たない。

お吟がさっさと累や子分どもを引き連れて小屋の外に出て行ってしまったので、権兵衛も庄五郎と出入口に下がっている茣蓙を捲《めく》って外に出た。通りは芝居見物や吉原に向かう客たちで賑わっている。

「馬鹿らしい。帰るか」

日射しに目を細め、不意に権兵衛はそう言った。

「水野の件については？」

腕を組んだ庄五郎が、首を縮めて問う。

「お吟に話したって乗ってこねえよ。さっきからのらりくらりと躱されてるじゃねえか」

お吟は賢い女だ。おそらく最初から旗本奴と争う気はないのだろう。

「事によっちゃあ、俺たち唐犬組だけでやるしかねえかもな」

「笊籬組を誘うのはどうだ。連中は四郎兵衛を殺されている」

「夢乃のやつが黙っちゃいねえよ。そうでなくても笊籬組は解体寸前なんだ。唐犬組が笊籬組の残党を引き入れるために声を掛けているなんて誤解されたら事だ。夢乃とは揉めたくねえ」

夢乃市郎兵衛の姿は、長兵衛の葬儀の時以来、見かけていない。頭目だった放駒四郎兵衛を殺され、その弟である夢乃にも放ったらかしにされた笊籬組は、いまや宙ぶらりんの状態になっている。

葬儀の時には、一人一人嬲り殺しにしてやると権兵衛も啖呵を切ったが、水野十郎や、その手下である加賀爪甲斐、坂部三十郎などは、実に手を出しにくい相手だった。

相手は旗本だ。うっかりすると、こちらの手が後ろに回る。

だが権兵衛も、長兵衛亡き今は、町奴を代表する組の頭目の一人だ。何もしないわけにはいかない。

権兵衛の仕事は町鳶《まちとび》だが、数年前に女房をもらったばかりで、家には可愛らしい幼児がいた。

男の意地を張り通したら、首が飛ぶか遠島になるか。どうも悩ましいところだった。


「あれで良かったのか」

「いいんだよ、先生。あいつら血の気が多すぎるんだ。馬鹿正直に付き合っていたら、命がいくつあっても足りないよ」

芝居茶屋の二階の座敷に陣取り、佐々木累はお吟と対峙していた。

膳の上に並べられた彩りの良い料理に箸を伸ばし、それを口に運ぶ度に、お吟は頬に手を添えて心から幸せそうに目尻を下げている。

「ああ、おいしい。先生も食べてごらんよ、この豆腐の田楽」

こういうところは、道場に通い始めた幼女の頃から変わっていない。

累は酒を嗜《たしな》まないので、茶を啜りながら、ゆっくりとそれらを味わっていた。

膳の上には茶飯のよそわれた碗に、雉《きじ》の肉のつみれが入った汁、芹と椎茸の煮物、かれいの味噌漬け焼きなど、他にも食べきれないほどの料理が並んでいる。

味付けも盛り付けも凝っていて、普段は質素倹約を常にしている累にとっては、御馳走ばかりだった。

階下からは、お吟が引き連れてきた鶺鴒組の子分たちが飲み食いする騒がしい声が聞こえてくる。

「支払いは大丈夫なのか」

ふと気になって累は問うた。お吟は浅草寺近くに店を構える楊枝屋の看板娘で、今も家業を手伝っている。この人数で芝居見物に芝居茶屋など、本来ならできるような贅沢ではない。

「うちの組は喧嘩はもう一つでも、羽振りのいい商家の小倅や、金稼ぎの上手い頭のいいのが揃ってるんだ。心配しなくても、先生の分はこちらで持つよ。それに、いつもこんなじゃない。今日は先生と一緒だから豪勢にしたんだ」

料理を箸で口に運んで頬張り、にこにこと笑いながらお吟が言う。

聖天町の累の道場に、お吟は今もまめに通ってくる。

嫡男がおらず、そのため幼い頃から父に厳しく剣術を躾《しつ》けられた累とは違い、小さい頃から気性が荒く、近所の子供らを火消しごっこや立ち回り遊び、喧嘩や相撲で大怪我させるよりはと、躾《しつけ》に困った両親に道場通いをさせられたお吟は、今や累が同じ年頃だった当時を上回る腕を身につけた。これは生まれついての才覚だろう。

自然と手下が集まってくるのも、一つの器だ。お吟が男で、世が泰平ではなく戦国の頃であったならと、どうしても思いを馳せずにはいられない。

とんでもない不良娘に育ってしまったが、今もお吟は累を先生先生と呼んで立てることを忘れず、懐いてくれている。累もあまり表情には出さないが、お吟を年の離れた妹のように思っていた。

「それにしても……」

お吟が頻りに食え食えと勧めてくる豆腐の田楽に箸を伸ばしながら累は言う。

「少し驚いたな。お吟のお気に入りの役者だというから、どんな男伊達かと思ったら、まさか女形とは」

「むさくるしい男どもの顔ばっかり見てるから、綺麗な顔に弱いのさ。ああ、美代次様は何であんなにお美しいんだろう。女の私でも溜息が出てしまうよ」

お吟が瞳を輝かせ、胸元で手を組んで、声音を高くする。

「先ほどの唐犬権兵衛とかいうのも、なかなか男前だったじゃないか」

「先生、それ本気で言ってる？」

途端に、お吟が「うげえ」と声を出し、表情を変える。

「私は流行りには疎いが、あの男が月代に入れている剃り込みや、妙な服の着こなしも、町奴たちの間で真似するやつがいるほどの人気なんだろう？」

「まあね。でも、町奴連中に先生のお眼鏡に適《かな》うようなやつはいないよ」

お吟が肩を竦《すく》める。

十八で道場を開き、今年で二十六歳になる累が、未だに行かず後家なのは、佐々木家を継ぐに相応《ふさわ》しい剣術の腕前を持つ者でなければ婿を取る意味がないと考えているからだ。そのことはお吟もよく知っている。

「権兵衛のやつは怖いもの知らずなだけさ。二つ名の通り、犬っころみたいに後先考えずに気に入らない相手に嚙みついているだけ」

「あの男、水野十郎へのお礼参りがどうとか言っていたな。やはり幡随院長兵衛殿が殺された一件からか」

町奴の総元締めと目されていた幡随院長兵衛が惨殺された事件は、江戸じゅうに知れ渡っていた。憶測が飛び交い、旗本奴の頭目である水野十郎左衛門の策略によって騙し討ちにされたのだという噂も累は耳にしている。

「お礼参りなんて本気で言ってるのは唐犬組の連中だけさ。あいつら馬鹿揃いだからね。でも、私のところに話をしに来るくらいだから、さすがの唐犬組も、自分たちだけで立ち回るのは避けたいんだろう。喧嘩や出入りならともかく、旗本奴たちと本気で殺し合いなんて始めたら、ただじゃ済まない。本業のやくざ者だって、そんな無茶はしないさ」

本業ではないからこそ、そんな暴走もあり得るのだ。累はそう思った。

「それに……」

お吟は首を傾げる。

「何だ？」

「私は、長兵衛兄貴を殺したのが本当に水野十郎なのかも疑ってる。証拠がないんだ」

累は頷いた。先ほどのお吟は、権兵衛との話し合いを避けているように見えたが、理由があるように感じていたのだ。

　お吟は幡随院長兵衛とは、さほど親しい仲ではなかったようだが、それでも町奴の頭目とされていた長兵衛があのような殺され方をして、義理を欠いて黙っているようでは女侠客としての面目がすたる。唐犬組の水野十郎へのお礼参りが正当だと考えているなら、知恵なり力なり貸しているに違いないのだ。

　それがあのような態度を取っているのは、根本に疑問を持っているからだとしか思えない。勇み足で事を起こして、己の手下どもを巻き込むわけにはいかないとも思っているのだろう。可愛らしい町娘のような風情の下に隠された、お吟の冷静さや頭の良さを、累は知っている。

「だが、殺るべき相手がはっきりしたら、私ら鶺鴒組も動く」

　店の者を呼び、自分と累の二人分の茶のお代わりを頼みながら、お吟が言う。

「もし何かあったら、その時は先生、助っ人として手を貸してもらえますか?」

　正面から見据えてくるお吟の瞳は、先ほどまでの、お気に入りの役者の話をしていた時のそれとは、まったく異なっていた。

　道場での仕合の時や、相手を脅す時など、お吟の瞳は黒目がぎゅっと縮まり、三白眼となる。累に向かってこの表情を見せるのは珍しかった。

い。

自分には、道場を今よりも大きくし、佐々木家を再興するという大事な仕事がある。いくら愛弟子の頼みとはいっても、町奴と旗本奴の喧嘩に加勢するいわれはない。

累は即答した。

「御免蒙る」

「あーあ、やっぱりね。先生はそう言うと思ったよ」

不意に相好を崩して元の人懐っこい表情に戻り、背伸びをしながらお吟は言った。

「もし出入りになったとしても、先生がいたら心強いと思ったんだけどな」

「お吟、くれぐれも言っておくが、争いごとなど、しなくて済むならそれに越したことはないぞ」

「はーい。わかりました先生」

気の抜けた返事をし、お吟は舌を出してみせた。

「締めに蕎麦でも頼みましょうか。午後からまた芝居見物ですからね」

そして何事もなかったかのように、階下にいる連中の分まで、二十数人前の蕎麦をお吟は注文した。

5

「誰かに尾《つ》けられたりはしてないだろうな」

「へえ、大丈夫だと思います」

「入れ」

狐のような細目を、さらに細めてそう言うと、播磨は青山邸の裏木戸から、すっかり髷も白くなった小柄な老人と、その連れである被衣《かずき》で顔を隠した若い女と思しき者を、屋敷の敷地内へと引き入れた。

見張りに立っている手下に向かって頷き、播磨は飛び石伝いに邸内を先導して歩いて行く。

「白柄組の親分さんは、会ってくれるんでございましょうか」

「話は通してある。それから、我々はやくざ者ではない。親分さんなんて呼び方はするな」

「ああ、これは失礼を……」

老人が狼狽えた声を上げる。

「中間長屋に向かうのではなくて?」

邸内にある中間長屋の横を素通りする播磨に、老人が問う。

「お主、今日は博奕《ばくち》を打ちに来たわけではあるまい」

播磨は呆れた声を上げた。

この桐山孫三郎《きりやままごさぶろう》という老人と顔見知りなのは、ここ番町にある青山邸で、月に一度、開かれる賭場の常連客だからである。連れているもう一人は見覚えがなかった。

賭場が開帳されるのは、青山邸の本宅ではなく、専ら同じ敷地内にある中間たちの住まう長屋である。

中間とは武家奉公人のことだ。大抵は士分ではない。町人や百姓の子を抱えたり、口入れ屋を通じて一時的に雇い入れることもある。

わざわざ中間長屋で賭場を開帳しているのは、主である青山家はあずかり知らぬ、中間たちが勝手にやっていることだという建前からだ。

さらには旗本屋敷の敷地内で開帳していることにも意味がある。賭博を取り締まるのは町奉行の役割だが、武家屋敷や寺社などは町奉行の管轄外なので、おいそれと踏み込めないためだ。

「三浦殿、連れて参りました」

本宅に入り、奥へ進むと、播磨は障子を横に開いて、待っていた三浦小次郎に声を掛けた。旗本奴「白柄組」の頭目である。

でっぷりと太っており、背丈の割りに妙に頭が大きく、不均衡な印象を受ける。首回りや項《うなじ》も厚く肥大しており、どこから顔でどこが首かもわからぬ。

「桐山座の孫三郎と申します」

早速、孫三郎が床に伏せて小次郎に挨拶をした。

「そっちの女は？」

だが、小次郎は孫三郎が連れてきた、もう一人の方に目を奪われている。

顔を隠していた被衣を、その者が取った。下からは溜息が出るような美しく若い娘の顔が現れた。播磨も思わず息を呑む。

「女ではございません」

孫三郎が妙なことを言い出した。

小次郎と播磨は顔を見合わせる。

「当一座の看板役者で、美代次といいます」

「お見知りおきを」

孫三郎に促され、美代次と呼ばれたその男は、行儀良く三つ指をついて小次郎に頭を下げた。

声音も仕種も、まったく女そのものである。小次郎は手にしている盃を口に持って行くことも忘れてしまい、ぽかんと動きが止まっている。

「普段から女の格好で過ごしているのか」

孫三郎と対峙するように、小次郎の傍らに座りながら播磨は言った。

御公儀が女歌舞伎を禁じて以来、舞台に立つのは男ばかりで、特に上方から江戸に下ってきた村山左近《むらやまさこん》が、村山座の舞台で女形舞踊で評判を取ってからは、同じ葺屋町で小屋掛けする宮地芝居の一座でも真似する者が増えた。

それにしても、これは女以上に女らしい。

男だと言われてもすぐには納得できないくらいだ。

「町奴たちから脅しを受けていると聞いたが」

思い出したように盃を口に運び、小次郎が声を発する。

話しながらも、その視線はちらちらと美代次を盗み見ていた。

「その通りでございます。連日押し掛けては桟敷で大騒ぎ。お陰で他の客が怖がって寄り付きません。これでは一座が潰れてしまう」

苦渋に満ちた表情で孫三郎が言う。

「何か恨みを買うような覚えや、金子を求められたりは？」

「それが、何が目当てなのか、さっぱりわからない様子でして……」

懐から手拭いを取り出し、孫三郎は額に浮き出た汗を拭う。

「先日も、柄の悪いのが数人、楽屋に押し掛けてきまして、美代次が囲まれて脅されました」

「というと？」

「それが、お願いだからうちの姐さんを抱いてやってくれとか、お前が姐さんにつれない態度を取ると、俺たちがヤキを入れられるとか、泣き言まじりにわけのわからないことを言うばかりで……。何でも、組を仕切っているのが女だとか……」

「すると『鶺鴒組』か」

小次郎が唸るように言う。

女が頭目に収まっている町奴の組があるというのは、播磨も聞いていた。仕切っているのは、確かお吟とかいう女だ。播磨は会ったことはないが、破落戸どもを従えているような女だから、きっと筋骨隆々の女丈夫に違いない。

「そう。その鶺鴒組でございます」

孫三郎が声を上げる。

「出入り禁止になどしたら、どんな恨みを買うかもわかりません。こちらがそういう態度を示すのを待って、金子を要求してくる気かも……。それに」

そう言って孫三郎は、傍らの美代次を見る。

「何よりも美代次の身が心配。掠われて何かされるのではないかと気が気ではなくて」

本音では、それが一番の心配事なのであろう。

どうも素振りから、美代次とこの孫三郎とかいう男は、衆道の関係にあるのではないかと播磨は感じていた。

美代次が女に興味があるのかどうかは知らないが、無理やりそのお吟とかいう女に手籠めにされるのを恐れているのかもしれない。

「それで、我が白柄組の後ろ盾が欲しいということか」

「左様です」

恐縮したように孫三郎が首を引っ込める。

「当一座の興行を白柄組が買い切ったという形にしていただいて、木戸で突っぱねてもらえれば……」

「今、旗本奴と町奴の間は、一触即発になっている」

「例の長兵衛殺しの件でございますか」

さすがに市井《しせい》の者でも、そのことは知っているようだ。

「揉めているのは主に、大小神祇組と唐犬組だが、我が白柄組も関係ないとは言えない。鶺鴒組も深く関わってはいないだろうが、いざとなれば他の組も首を突っ込んでくるかもしれない。追い払うだけで済めばいいが、面倒事になるかもしれぬから、安くはないぞ。それに、実際に興行は買わせてもらう。鶺鴒組が手を引けば、芝居の方の入りも上々となる見込みはあるのだろう」

「ええ、それはもう。うちには美代次がいるんで……」

「違いない」

小次郎は頷いた。どうやら美代次の見てくれを気に入ったようである。

その瞳には、何やら好色さが浮かんでいた。無理もない。衆道の趣味のない播磨でも、思わず惹かれるような妖艶さを、美代次は身に纏っている。

「では、鶺鴒組を追い払うのに金十両、今後、興行の上がりから見かじめ代に二割だ。いいな」

金額を聞いて、少々、孫三郎は狼狽えた表情を見せたが、溜息とともに首肯した。そのくらいの金子の要求は覚悟していたのだろう。

「承知しました。これは手付けで……」

孫三郎は紙に包んだ金子を取り出した。用意がいい。

「受け取っておくぜ」

それを懐に仕舞いながら、小次郎が言う。

「で、孫三郎よ、今日は打っていくのか?」

「やめておきます。一人で来ているわけでもないので」

傍らの美代次の方を見ながら、孫三郎が答えた。

「そうか。なら播磨、表まで送ってやれ。早速明日、葺屋町の小屋にうちの若いのを向かわせる」

小次郎がそう言うと、孫三郎は二言三言礼を言って立ち上がった。

裏木戸まで孫三郎と美代次を送って行き、二人が去ると、播磨はふと思い立って中間長屋に足を向けた。

賭場が開帳している間は、一応、何かあった時のために小次郎や播磨、それに白柄組の者らが何人か、離れた本宅の方に控えているが、できるだけ賭場そのものには近づかないことにしている。

賭博は重罪である。士分である旗本が罪に問われた場合、最悪、死罪や遠島もあり得る。飽くまでも中間らが勝手にやっているという建前だから、なるべくその場にはいない方がいい。

とはいっても、まったく見廻りしないわけにもいかない。中にはたちの悪い客がいて、播磨のような旗本奴の組が背後にいることを匂わせてやらないと、イカサマをしたり負けが込んで暴れたりする輩《やから》が出てくる。

表に明かりが漏れないよう、中間長屋の雨戸はきっちりと閉め切られていた。入口に立っている見張りに声を掛け、播磨は中に入る。

土間の上がり口には、白柄組の手下でもある青山家の中間が二人、用心棒代わりに座り込み、出入りする客を睨んでいる。

立ち上がろうとする中間らを、播磨は制した。

「いい、いい。様子を見に来ただけだ。変わりはないか」

「ええ、まあ……」

中間ら二人が、ちらちらとお互いに目を合わせながら言う。

「客同士の揉め事はないんですが……」

「何だ」

「調子良く勝っている客がいましてね。ここ二、三回、顔を見せ始めた新参ですが、どうも酒に酔っていい気分になっているようで……」

持って回った言い方だ。

「遠慮するな。言え」

「しつこくお菊さんを口説いているんですよ。まあ、無理やりという感じでもないですし、悪気もないようですが」

「成る程。では拙者がここの決まりを教えてやろう」

播磨は履物を脱ぐと、土間から座敷へと上がり込んだ。

賭場が開帳されているのは奥の部屋だが、手前では酒肴が振る舞われている。勝った客に、気分良くそこでも金を使わせる寸法だ。

給仕は青山家の女中らが行っている。お菊もその一人だった。

夢乃市郎兵衛との揉め事の元になった女だ。

中間長屋では、戸板や障子の類いは殆ど取っ払われていた。客は二十人ほどで、近隣の旗本の次男坊三男坊や、麹町大通りに店を構える商人らが主な客筋だ。

奥には盆茣蓙が敷かれ、賽賭博《さいころとばく》の「樗蒲一《ちょぼいち》」が行われている。

賽一個を使い、一から六のいずれかの出目に賭ける単純なものだ。素人《しろうと》が開帳している賭場なので、いい壺振りが見つからなかったからだが、これが却って珍しいと受けた。

使う賽は一個だけだから、悪賽のイカサマはやりにくい。賭けの親も、客同士が持ち回りで受ける「廻り胴」だから公平に見える。

出目の大小に賭ける「大目小目」や、偶数奇数に賭ける「丁半」と違い、勝ち目が六分の一となる分、必然的に親の取り分も、子の配当も高くなり、熱くなってくると賭けに張る額も上がりやすい。

白柄組の主な収入源は、ショバ代となる寺銭である。ひと勝負ごとに親は一割、子は五分を、勝ち分から払わなければならないから、張られる額が上がれば上がるほど、儲かる仕組みだった。

賭場を見回すと、お菊の姿はすぐに見つかった。酒肴を振る舞う部屋で、見知らぬ男に肩を抱かれて酌をさせられている。お菊が困っているのは明白だった。

播磨はそちらに近づく。酒肴の載った膳の出し入れなどをしていた他の青山家の女中らや、賭場を任せている中間らが、播磨の姿を見て、張り詰めた空気を出した。気づいていないのは、お菊の肩に手を回している男だけだった。優男風で、商家の放蕩息子といったところだろう。

播磨に気づいたお菊が、助けを求めるような視線を向けてくる。

「お楽しみでござるか」

穏やかにそう言いながら、播磨は男の正面に座した。

「誰だい、あんたは」

すっかり酔っているのか、男は鼻の頭まで赤くなっていた。

「白柄組の青山播磨と申す。当家で行われている賭場を贔屓にしていただいてありがたいが、ひと通り勝ったのなら、今日は引き上げられたらどうか」

「それもいいな。どれお菊、一緒に表で飲み直そう」

男が朗らかに笑う。気が大きくなっているだけのようで、悪意は感じられない。

「困ります」

お菊が播磨の顔色を窺いながら、そう答えた。

「申し訳ないが、口説くなら当家の女中ではなく、吉原にでも繰り出しては如何《いかが》かな」

「俺はこのお菊さんが気に入ったんだ。一つ外に出掛ける許しを出してやってはくれないか」

意外と男は引き下がらない。

「どうする、お菊」

播磨が問うと、お菊は青ざめた顔で何度も頭を横に振った。

「嫌がっているようだ。そろそろ勘弁してはもらえないだろうか」

「まあ良いじゃないか」

「念のため言っておくが、賭場を仕切る側にもいろいろと都合がある。聞き入れてもらわないと困る」

男が、ようやく不機嫌な表情を見せ始めた。

「何だ、気分の悪い。俺が勝っているのが気に入らないのか」

「とんでもない。寺銭さえきちんと払っていただければ、後はいくら持ち帰っていただいても結構」

「だったら文句はないだろう」

播磨はお菊に目配せする。半ば振り解くようにお菊は男の手から逃れ、長屋の奥へと姿を消した。

「せっかく良い気分だったのに、酔いが醒めた。帰らせてもらおう」

「お帰りだそうだ。賭け札を両替してやれ」

播磨は手近にいた中間に、男の勝ち分を精算するよう指示した。

「それから、お前はもう出入り禁止だ。二度と来るな」

そして、先ほどまでとは打って変わった鋭い口調で、播磨は目を細めて男に言った。

「なんだって」

「こちらの言うことを聞かないやつは客じゃない」

「ふん。わかったよ。二度と来るか、こんなところ」

吐き捨てるように言って男は立ち上がる。

「おい」

播磨は男には聞こえないよう、手近な中間に小声で耳打ちする。

「あいつが屋敷を出たら、二、三人で後を尾けて、どこか人目につかないところでヤキを入れてやれ」

「わかりました」

中間は微かに口元に笑みを浮かべる。

「殺すなよ。腕かあばらの二、三本、折ってやるくらいにしておけ」

男が中間に連れられて賭場から出て行くのを見送ると、播磨はお菊が消えて行った長屋の奥の方へと足を向けた。

「お菊」

「播磨様」

台所の土間の隅で、しくしく泣いていたお菊が小走りに寄ってきて播磨の胸に飛び込む。

「気持ち悪かった。あの男、しつこいんですもの」

「安心しろ。もう二度と来ない」

軽くお菊を抱き締め、その頭を播磨は撫でてやる。

「怖かったな。もう大丈夫だ」

不思議な女だった。

言い寄ってきたのはお菊からで、播磨を付け狙っている夢乃が勘違いしているように、無理やり奪い取ったわけではない。だが、今となっては播磨の方がお菊に夢中になっていた。

「何ならもう休むか？」

「平気です」

お菊が見上げてくる。

器量は十人並みだが、どこか妙な色気がある。最初に会った時には何とも思わなかったが、長く一緒にいればいるほど愛おしくなってくる。そんな女だった。

夢乃市郎兵衛を恐れているため、お菊は殆どこの青山邸から外に出ることはない。つくづく、雉子橋通りの湯屋での一件が悔やまれた。夢乃の兄である放駒四郎兵衛を間違えて殺してしまったのは大失態だった。

そうでなくとも、白柄組はもう尻に火が付いている。夢乃を片付けない限り、自分も、そしてお菊も安心することはできない。

播磨はそう考えていた。

6

「入れないってのはどういうわけだい」

芝居小屋の木戸の前に立ちはだかった二人組の旗本に向かって、お吟は低い声で抗議した。

「この興行は、うちの組が買い切った。お前ら鶺鴒組は出入り禁止だ。他の客が迷惑してるんでな」

「……あんたら、白柄組か？」

二人組が腰に差している刀は、いずれも柄の拵えと下緒が白かった。

「だったらどうだというんだ」

「大の男が集まって、仲良くお揃いの白い柄に下緒かい。粋じゃないね」

「女に頭目をやらせて従っている腰抜けどもに比べりゃあ、ずっとましだぜ」

片割れがそう言って、お吟の背後にいる手下を挑発した。

どうやらお吟をただの跳ねっ返りの小娘と見て、舐めてかかっているらしい。

「おいっ、調子をこくなよ」

お吟が引き連れてきた鶺鴒組の手下の一人が、前に出ようとする。

「喧嘩はよしな。一座に迷惑が掛かる」

冷静に、お吟は片手でそれを制した。

「ちゃんと人数分の木戸は払うよ。だから面倒なことになる前に通しとくれ」

「面倒なことってのはどんなことだ」

お吟の言葉尻を捕らえ、にやにやと笑いながら相手はまた絡んでくる。

わざわざ揉め事になるのを狙っているようにも見えた。

「どうして白柄組が、この一座の後見をしているのさ。ついこの間まで影も形もなかった癖にさ。まさか美代次様や一座の皆さんを脅しているんじゃないだろうね」

むしろ、そちらの方が心配だった。旗本奴の連中が、この一座に何か因縁をつけているのかもしれない。そう思うと看板役者の美代次の身が心配だし、ここで下手を打つわけにもいかない。

「とにかく町奴どもは木戸を通すなと、上からのお達しだ。帰るんだな」

「上って誰だよ。お前らのところの頭目か？　白柄組っていうと……」

お吟が傍らの手下に目配せすると、小声で耳打ちしてくる。

「確か、頭目は三浦小次郎です」

「他にも誰かいなかったっけ」

「青山播磨も白柄組です。例の……」

そう聞いて、お吟は深く頷いた。

「何をこそこそ喋っていやがる」

「やっと思い出したよ。夢乃と間違えて、放駒四郎兵衛を襲って殺した間抜けどもかい」

「今、間抜けと言ったか、小娘」

「ああ、言ったさ。馬鹿だねえ、あんたら。夢乃なんて、町奴の仲間内でも手を焼いているようなやつを怒らせてさ。あいつは執念深いよ。月夜の晩とは限らないから、せいぜい気をつけるんだね」

お吟の挑発に、二人組が顔色を変えた。

実際、夢乃らしき者に襲われ、命を落とした白柄組の者もいると聞いていた。

「おいっ、小娘、あまり調子に乗っていると……」

小馬鹿にされたと思ったか、一人が、お吟の着ている小袖の胸倉を摑もうとした。

お吟は素早くその手首を取り、外向きに逆関節に捻ると、軽く足払いを掛けた。

相手の体がふわっと浮かぶ。自分の身に何が起こったのかもわからない様子で、「あれっ」と声を上げ、白柄組の下っ端は、あっさりと一回転して地面に転がった。

「言っとくけど、先に手を出そうとしたのはそっちだよ」

埃を払うように手を叩きながら、お吟は相手を見下ろして言う。

「うちの姐さんはなあ、浅草聖天町の佐々木累先生から、関口流柔術の免許皆伝を受けているんだ。それに剣術の方だって……ぐわっ」

傍らに立っていた手下が、我がことのようにうるさく喚くので、お吟は裏拳を顔に叩き込んで黙らせた。

「ちょっと静かにしな」

袴に付いた土埃を払いながら、ばつが悪そうな表情で、転がされた男が起き上がってくる。

「怪我はないね？　仕方ないから、今日のところは出直すよ」

「姐さん、いいんで？」

「こんな場所で血腥い真似はしたくないんだよ。美代次様に嫌われちまうだろう」

お吟がそう言うと、鶺鴒組の手下どもは腕組みをし、お互いに顔を見合わせて頷き合った。

「姐さんがそう言うなら仕方ねえな」

「ああ、そうだな。仕方ねえ」

「美代次様の芝居が観られないのは残念だが、こうなっちゃ仕方ねえ」

「お前ら、やけに聞き分けがいいね」

威勢がいいのは口だけで、芝居を観られずに追い返されるというのに、どういうわけかちょっと嬉しそうだ。

「美代次様に伝えておくれ。今日は芝居は観ないけど、芝居茶屋で待っているから、中入りになったら顔を出しとくれってね」

すっかり口数の少なくなった白柄組の下っ端二人が、どちらからともなく頷いた。

「じゃ、頼んだよ」

さっさと踵《きびす》を返し、お吟は下駄を鳴らして歩き出した。

どういう事情になっているのか、美代次の口から聞かないと納得がいかない。芝居茶屋に役者を呼び出すような真似は、今までは控えていたが、これでは仕方がない。

もし一座が、白柄組に木戸を奪われて困っているのなら、何とかして美代次を守ってやらなければと考えていたが、内心では腸《はらわた》が煮えくり返っていた。

「ここは一つ、これで勘弁いただければ……」

一座の興行を取り仕切っている桐山孫三郎という老人が、神妙な面持ちで紙に包んだ金子をお吟に差し出してきた。

「……これは何のお金だい?」

意味がわからず、お吟は眉根を寄せ、唸るような声を上げる。

「欲をかくな、お吟。お主らの狙いはわかっている。ここは拙者が間に入るから、これで手打ちにしようではないか」

数名の手下を引き連れて芝居茶屋の二階に現れた三浦小次郎が、侍気質丸出しの居丈高な口調でそう言った。

傍らでは娘姿をした美代次が、肩を縮こまらせて座っている。先ほどからお吟と目を合わせようともしない。

「受け取れないね。意味がわからないよ」

「ではやはり、金ではなく美代次の体が目当てか」

「はあ？　何のことさ」

ますますわけのわからないことを言い出した小次郎に、さすがのお吟もどう返したら良いかわからず、裏返った声を出した。

「なあ、お吟とやら、腹を割って話そうや」

凄むように、小次郎が身を乗り出してくる。

「こちらの一座の興行を邪魔して、一体、何をしたいんだ。金でも色でもないなら、何が目当てなのか、はっきりしてくれ」

お吟は絶句したまま、美代次の方を見た。

何度か手土産を持参して楽屋を訪れたことはあったが、面と向かうと、お吟の方が緊張してのぼせ上がってしまい、殆ど話らしい話はしたことがない。

だが、美代次も一座の者たちも、お吟には親切で優しかった。少なくとも今の今まではそう思っていた。あれは自分を怖がって媚《こ》びていたのか。

「美代次様……」

「お願いだから、もう付きまとわないでおくれ」

顔を伏せていた美代次が顔を上げ、きっとお吟を睨みつける。

「あんたの子分に脅されて、ずいぶん怖い思いもしたけれど、もうこっちには小次郎様と白柄組が付いているんだ。好き勝手にはさせないよ」

「わ、私はただ、美代次様の芝居が好きで、贔屓したかっただけで……」

「よく言うよ。あんたら鶺鴒組のせいで、桟敷は閑古鳥が鳴いてるじゃないか」

「私たちのせい……？」

通い始めた頃に比べると、どんどん客が減ってきているとは思っていたが、まさかそれが自分たちのせいだとは考えていなかった。

「そりゃあ、人相の悪い連中が、連日、桟敷で騒ぎ立てりゃあ、品のいいお客さんは離れて行くだろうよ」

打ちひしがれているお吟に、追い打ちをかけるように小次郎が口を開く。

「お主のところの子分が、一度ならず楽屋に現れて、姐さんを抱けと美代次を脅していたそうだな」

「私は知らないよ、そんなの……」

後ろに控えている鶺鴒組の手下の方をお吟が振り向くと、三人ばかりが血相を変えて階下へと逃げ出した。どうやら勝手におかしな気を回していたらしい。

まさか自分の知らないところで、そんなことが起こっていたとは夢にも思わなかった。

「女が町奴の組を束ねているというから、どんな女丈夫かと思っていたが、可愛らしい顔をしているくせに、ずいぶんとそっちの方は遣《や》り手みたいじゃないか」

下卑た笑いを浮かべて小次郎が言う。

「か、勘弁しとくれ。私はまだ……」

顔から火を吹きそうになり、お吟は恥ずかしさに両手で顔を覆いながら声を上げた。こんな屈辱は初めてだ。

「……気持ち悪いんだよ」

そんなお吟の態度を見て、美代次が吐き捨てるように呟く。

「私は女には興味がないんだ。今までは怖くて愛想良くしていたけどね、今は小次郎様がいらっしゃるんだ。もうあんたらのような破落戸なんか、ちっとも怖くないね」

美代次は甘えるような笑みを浮かべて小次郎にしなだれかかると、お吟に見せつけるように、その腕に抱きついた。

小次郎も満更でもない様子で、美代次の頭を撫でている。

傍らにいた桐山孫三郎が暗い表情を浮かべて下唇を噛み、美代次と小次郎の方から目を逸らした。

「ははあ、そういうことだね」

さすがにお吟も察しがついてきた。

同時に、気持ちが急激に冷えていくのを感じる。

「そんなに嫌われていたとは知らなかったよ。私はうぶだから、そっちの方は察しが悪くてね」

美代次が馬鹿にしたように鼻を鳴らす。

こういう仕種は、まったく女と変わらない。

「芝居見物は今日で仕舞いだ。その金子、受け取っとくよ」

孫三郎が差し出したまま、床の上に置きっぱなしになっていた金子の包みを、お吟は子分に目配せして受け取らせた。

「……話のわかる相手で助かったぜ。笊籬組もこうだったら良かったんだがな」

小次郎が口元に笑みを浮かべて言う。

「余計な口を利いてないで、さっさと消えな」

お吟が吐き捨てるように言うと、小次郎は勝ち誇ったようにひと声笑い、美代次の肩を抱いたまま、孫三郎や白柄組の手下どもを引き連れて芝居茶屋の二階から下りていった。

小次郎たちが全員出て行くまで、お吟は込み上げてくるものを我慢していたが、すっかり相手の姿が見えなくなると、俯いて目から涙を溢れさせた。

「姐さん……」

「……さっき逃げ出した連中、捕まえてきな」

心配して声を掛けてきた手下に、鼻水を垂らしてすんすん泣きながら、お吟は指示した。

「ヤキを入れますか？」

「ああ。それから……」

ひと頻り泣いて気持ちを入れ替えると、お吟は袖口で涙を拭い、手下の髷をむんずと摑んで、その顔を引き寄せた。

「夜になったら、美代次のやつを掠ってこい」

眼球が痛くなるほど、瞳がぎゅっと縮まる感触。

「手籠めにでもするんで？」

お吟は手下の髷を摑んだまま、その鼻っ面に思い切り頭突きをかました。

鼻血を飛び散らせて仰け反り、手下が顔を押さえて床を転げ回る。

「冗談じゃないよ。どこかに閉じ込めて、ちんこを切り取ってやりな。どうせいらないだろうしね。女形だから本望だろうよ」

美代次の一座は徹底的に潰し、場合によっては白柄組とも事を構えるつもりで、お吟はそう言った。

水野十郎左衛門が、水戸藩上屋敷に呼ばれたのは、幡随院長兵衛の葬儀があってから十日ほど経った頃だった。

小石川邸と呼ばれるこの屋敷は、江戸城の北にある。広さはおよそ十万坪、敷地内には広い庭園や馬場もあり、将軍家に連なる水戸藩二十八万石の江戸屋敷に相応しい威風を漂わせていた。

家人に案内されて延々と歩かされ、十郎が屋敷の一角にある書斎に辿り着くと、その奥から三味線の音色が聞こえてきた。

「よう、いつ以来だ」

襖が開かれ、十郎が挨拶の言葉を発しようとする前に、待っていたその男が声を出した。

「このような形でお目にかかるのは、三、四年ぶりになりますかな、権中将《ごんのちゅうじょう》様」

「相変わらず嫌な野郎だ。子龍《しりゅう》と呼べ」

「では、子龍様」

わざわざ平伏して武家らしく礼を尽くす十郎に向かって、舌打ちまじりに、その男は言った。

水戸徳川家の世子、徳川光国《みつくに》（後の光圀）である。子龍は字だ。

面長で額が広く、肌の色は女のように白かった。目は切れ長で鼻梁が高く、どこかよく研がれた刃のような美しさを感じさせる男だった。

先ほどから光国は三味線を抱え、撥《ばち》も使わずに爪弾いている。

加賀爪甲斐などから、このところの光国はすっかり落ち着いて、牙が抜け落ちたように大人しくなったとは聞いていた。

確かに、十郎が知っている光国は、木綿の着物を七色に染め、襟に天鵞絨《びろうど》をあしらうなどの派手な出で立ちで、吉原や浅草辺りの悪所を手下を引き連れて闊歩するような男だった。

それが今は地味な羽織袴姿だったが、見たところ眼光の鋭さは衰えていない。

「とりあえず飲め」

用意されていた膳に伏せられていた盃を十郎が手にすると、光国がそれに酒を注ぐ。

「風聞では、すっかり丸くなったと聞いておりますが」

「まあな。退屈で仕方がない。いっそお主のような暇な旗本どもが羨ましい」

言葉の端々に不満が感じられた。だが、光国は十郎のような小普請旗本とは違い、いずれは水戸徳川家を継ぐ世子である。あれこれと自由にならぬことが多いのであろう。

光国は、十郎より二つ年上の二十三歳だ。光国の祖父である家康公と、十郎の祖父である水野勝成《かつなり》は従兄弟の関係にあり、二人は遠縁に当たる。

そのためか、十郎は光国から目を掛けられており、大小神祇組を結成して旗本奴として頭角を現す以前は、傾き者として吉原や浅草寺界隈などを闊歩する光国を兄貴分のように慕って付き従っていたこともあった。

だが、そんな時期も長くは続かず、悪所では名の知れた子龍こと徳川光国は、次第に市井には姿を現さなくなり、破落戸からは足を洗ってしまった。

「幡随院長兵衛を騙して誘い出し、湯殿で斬り刻んで殺したらしいな」

前置きが面倒なのか、単刀直入に光国が切り出す。

思わず十郎は口に含んでいた酒を噴き出しそうになった。

「子龍様、それは誤解でござる」

「それを聞くために呼んだんだ」

慌てる十郎に向かって、光国が冷徹に言う。

「妙なものを目にした。お主の耳に入れておいた方が良いと思ってな」

「というと?」

「長兵衛のものと思われる骸が、隆慶橋から押し出されて捨てられるのを見た」

十郎は盃を置いた。呼び出された用件は、このところ巷間でも広く噂になっている旗本奴と町奴の抗争のことであろうとは思っていたが、光国の口からそんな話が出てくるとは意外だった。

「ちょいと新刀の切れ味を試したくてな。このところ神田上水の御留川で闇夜に隠れて釣り竿を出し、献上品の紫鯉を盗む不届き者が多いと聞いていたから、見廻りしていたところだ」

「い、いや、少し待たれよ」

「何だ。俺の話に何かおかしいところでもあるか」

前提からおかしい。

涼しい顔をして、今、とてつもなく物騒なことをさらっと言わなかったか。

「明け方近くなった頃、どんど橋の辺りで一人見つけて、息を潜めて近づいていったところ、不意に上流の隆慶橋に人影が見えた」

どんど橋こと船河原橋は、神田川から外濠に流れ落ちる堰の辺りだ。名前の通り水音が激しく、光国に見つかった釣り人も、気配や物音には気づけなかっただろう。

船河原橋も隆慶橋も、この小石川邸からは目と鼻の先だ。

「釣りの道具を片付けるのも忘れて上流を凝視しているから、妙だと思ってな。そちらを見たら、橋の欄干から、骸らしきものが落とされて捨てられるところだった」

「それで、どうしたのです」

「これはまずいと直感が働いて、釣り人には手を出さず、そのまま気づかれないように藩邸に戻った。やってもいない殺しの下手人にされるのはご免だからな」

過去には浅草で咎なき人を遊び半分に殺したりしていたこともある光国である。

何かあっても大概のことは水戸徳川家の威光で揉み消すことは容易《たやす》いだろうから、純粋に面倒事に巻き込まれるのが嫌だったのだろう。

何が見廻りだ、と十郎は呆れた。理由を付けて人を斬りたいだけで、その相手を探して徘徊していたとなると、これはもう恐水病の犬の如きだ。

『史記』の伯夷列伝を呼んで感銘を受け、若き日の無頼放蕩を悔いて心を入れ替えたなどと嘯《うそぶ》いているようだが、そうそう簡単に人は内面を改めるようなことはできない。

本来の自分とはかけ離れた生活に、どうにもならぬほど不平不満が溜まってきたら、そうやって藩邸を抜け出し、こっそりと乱暴狼藉を働いていたのだろう。

「そういえば以前にも、どんど橋の辺りで金貸しの座頭が辻斬りに遭う一件があったと聞き及びましたが……」

数日前に、大小神祇組の手下である坂部三十郎が言っていたことだ。

「知らぬ。斬った相手の顔などいちいち覚えておらぬ」

どうもこの男は、侍以外の者を人とも思っていない節がある。誤魔化しているようには見えなかったが、本当にその一件は光国とは無関係なのであろうか。

「後日、どうも俺の見たものは幡随院長兵衛の骸だったようだと思ってな。ほれ、お主は長兵衛とは不仲だと思っていたし、巷間ではお主が騙し討ちしたなどと噂も立っているようだから、耳に入れておこうと思って呼んだのだ」

「はあ……」

困り顔で十郎は返事をする。

「拙者が長兵衛と不仲だったということはございませぬ。あの日も当家で手打ちの話し合いがあり、酒を酌み交わした後、風呂を使わせて気分良く送り出したところでございました」

「ああ、それでお主が湯殿で殺したとかいう噂になっているのか」

光国は飄々としている。前後の事情について、あまり詳しく知っている様子ではない。

「橋から長兵衛の骸を押し出していたという連中は……？」

「遠目でよく見えなかったが、さて、四、五人はいたか……」

顎に手を添えて首を傾げながら、光国が言う。

「お主ら大小神祇組ではなかったのか？　てっきりそうだと思っていたが……」

光国が疑わしい眼差しでじろじろと十郎の顔を見るが、やっていないものはやっていない。だが、光国を納得させる言葉も見つからなかった。

数名の徒党の手によって橋から捨てられたのだとなると、やはり長兵衛はただの辻斬りや、行きずりの強盗に襲われたのではなく、後を尾けられるか待ち伏せされるかして狙われたように思える。

そこでふと、十郎は考え直した。

光国の言うことを鵜呑みにしても良いものか。

その光景を見ていたのは、話の内容からすると、光国の他は、どこの誰とも知れぬ密漁の釣り人のみである。

値踏みしてくるような光国の瞳を、逆にじっと見据え、その心の奥底を見極めようと思ったが、どうも光国は昔から何を考えているかわからないところがあり、摑めなかった。

「ふうむ。動じている様子はないな。まあ、もし長兵衛殺しがお主の仕業だったとしても、黙っていてやるから恩に着ろ」

「拙者はやっておりませせぬ」

毅然と十郎が答えると、ふっと光国は口元に笑みを零《こぼ》した。

「信じておいてやろう。だが、それが本当なら、少々面倒かもしれないぞ」

光国は十郎に再び盃を手に取るよう促し、酒を注いだ。

「お主に罪を着せ、町奴と旗本奴の間に争いを起こそうとしている者がいる疑いがあるな」

どういうわけか、光国の口調は愉快そうだった。

7

聖天町は浅草寺の東、大川（隅田川）沿いにある。

待乳山《まっちやま》と呼ばれる小丘の頂には、大聖歓喜天を奉る聖天宮があり、江戸の町を広く眺め渡すことができた。晴れた日には遠く富士山の姿も望める。

海が近いので、日射しが強くて暑い今日のような日は、大川から微かに潮の香りが漂ってくる。浅草寺の門前町の賑わいに比べれば、この辺りはまだ葦原も多く残っており、人通りも少ない。

佐々木累の道場は、そんな界隈にあった。

屋敷に併設された道場の入口は、日中はいつも開け放たれている。

お吟が覗き込むと、けして広いとは言えない道場の真ん中で、累が黙々と木刀を振り下ろしている最中だった。

「先生、先生」

お吟が声を掛けても、累は返事もしない。よくあることなので、お吟は構わず下駄を脱いで上がり込み、隅に腰を下ろして累の稽古が一段落するのを待った。

相変わらず道場は閑古鳥が鳴いている。累の稽古は厳しすぎて、門人が居着かないのだ。

これでは生活もままならぬだろう。他に実入りは、大名家や大身旗本の奥方の護衛の仕事がたまに入るくらいで、それで糊口を凌いでいるような様子に違いない。

「おや、お吟、来ていたのか」

やがて累が手を止め、首に掛けた手拭いで額に浮き出た汗を拭いながらお吟の方を見た。

「またまたあ。先生は後ろにも目が付いているでしょ」

お吟はそう言って肩を竦める。

この道場では、累に隙があったら、いつでも襲い掛かって良いという決まりになっている。累の稽古の厳しさに泣かされてばかりいた頃は、よく後ろから木刀や、時には包丁を手に狙ったりもしたものだが、その度にこてんぱんにされた。お吟が道場に入ってきた気配を、累が察していないわけがない。稽古のきりが悪いから、気づいていないふりをして待たせていたのだろう。

「相変わらず先生一人かい。町人相手の道場なんだから、もう少し緩くして、適当に優しく教えていれば人も居着くだろうに」

「軽口を叩きに来たのか」

「いいえ、稽古しに来たんですよ。ちょいと嫌なことがあって、むしゃくしゃしていたんでね」

そう言うと、お吟は立ち上がった。

「立ち合いの相手をしてもらえますか、先生」

「少し休んでからでいいか」

「もちろん。じゃあ、着替えてきますね」

稽古着を入れて持参してきた風呂敷包みを手に、お吟は道場の奥へ行こうとした。

「たのもーう」

声がしたのはその時だった。

お吟が振り返ると、道場の入口に、まだ年の頃十二、三といった娘が立っている。

見た目は可愛らしいが、深刻な面持ちをしていた。

「佐々木累様の道場はこちらでよろしいですか」

娘が言う。お吟と累は顔を見合わせた。こんな時でも、累は仏頂面を崩さない。

累が何も言わないので、仕方なくお吟が対応することにした。

「何のお使いだい」

自分が初めて累の道場に来たのは、もっと幼い時だったな、などと思いながら、
お吟は娘に声を掛けた。

「お使いではありません。剣を習うために来ました」

「あらあら、習い事なら裁縫とか三味線の方がいいんじゃないの」

「わ、私は、仇討ちのために剣を習いたいのです！」

子供扱いしてくるお吟に腹が立ったのか、娘が大きな声を上げた。

「仇討ちとは物騒だねえ。先生、どうします」

「中に入れてやれ」

累の表情からは何も読み取れない。仕方なく、お吟は娘を道場の中に招き入れた。

「で、仇討ちってのは何なんだい」

累の前に娘を座らせ、お吟が代わりに話を聞く。

「父上が小石川の辺りで辻斬りに遭って死にました。私は相手を捜し出して仇を討ちたいのです」

下唇を噛んで我慢しているが、娘の目には涙がいっぱいに溜まっている。

「女子が仇討ちなんてやるもんじゃないよ。ねえ、先生」

お吟は判断を促すために累の方を見る。

「どんなつらい稽古も堪えられるか？」

「は、はい！」

背筋を伸ばして娘が声を上げる。

「ではその決意を見せてくれれば入門を許す。お吟、相手をしてやれ」

「はーい、わかりましたよ」

やれやれ汚れ役は私ですかと思いながら、お吟は間延びした返事をした。

このような手合いはたまに道場に現れる。剣を習いたい理由は様々だが、道場主が女だと、女の入門を簡単に許し、優しく教えてくれると勘違いするらしい。

「着替えてこい、お吟」

「いいですよ、このままで」

素人の子供相手では、汗も掻かないだろう。

だが、娘の方は試されていると思っているからか、気合い十分だった。その気持ちが折れるまで叩きのめさなければならないが、この加減が難しい。うっかり大怪我させては可哀想だ。

累の見ている前で、お吟と娘は対峙することになった。

借りた木刀を両手に握り締め、前のめりになって構えた娘は、ぎらぎらした瞳でお吟を睨みつけてくる。

一方のお吟は、片手で握った木刀を適当に構えた。

「いつでもかかってきていいよ」

欠伸《あくび》をし、空いた方の手で尻を掻きながらお吟は娘に言う。

「おのれっ、馬鹿にするな！」

そのお吟の態度に、娘が怒りも顕《あら》わに襲い掛かって来た。

だが、威勢が良かったのはそこまでだった。

突進してきた娘を、お吟はひょいっと横に動いてよけ、足を掛けて道場の床に転ばせた。娘が木刀を手から取り落とす。

「ざんねーん。仇討ち失敗」

そこからは滅多打ちだった。

娘が泣き叫んで許しを乞うても聞き入れず、お吟は容赦なく木刀を打ち下ろす。骨は折れていない筈だが、全身痣《あざ》だらけになって腫れ上がり、数日は起き上がれないだろう。

累は表情ひとつ変えずにそれを見ている。やがて娘が失禁し、ぐったりと床に突っ伏してしまうと、累がやめるようにと促してきた。

「これがうちの稽古だ。明日も来なさい」

娘はようやっと起き上がると袖先で鼻血を拭い、青紫色に晴れ上がった目でお吟と累を睨みつけると、よろよろとした足取りで道場から出て行った。

「この後始末、私がやるんですか」

娘の尿で濡れた床を指差し、お吟が言う。

「無論」

累が頷く。これだから嫌なのだ。だが、累の言い付けに逆らうことはできない。

「私との立ち合いはどうする」

「何だか興が削がれました。もういいですよ」

お吟はそう言って己の肩を揉む。累の表情は動かない。

「あれで懲りてくれたらいいんですけどね」

女子が生兵法で仇討ちなどしようものなら、間違いなく返り討ちに遭って命を落とす。

怖い思い、痛い思いをさせて追い返したのは、仇討ちなどという馬鹿な真似を諦めさせるためだ。荒療治だが、そもそも累は、そのような理由で剣を学ぼうという者を歓迎しない。

「あのような娘、以前にも来たことがあった」

外にある井戸で水を汲んできて、固く絞った雑巾で道場の床を拭いていたお吟に、先ほどから仏像のように座り込んで動かなかった累が、ふと口を開いた。

「女だてらに仇討ちですか？」

「うむ。やはり今日のように滅多打ちにして諦めさせた。旗本の娘だったが、父が賭場で借金を作り、座頭金に手を出したらしい」

「へえ、そりゃまた。座頭の金貸しは怖いっていいますからね」

それを知っていて座頭金に手を出したということは、もはや市井の高利貸しからは借りられない程に借金が膨らんでいたということだ。

座頭金は建前上は官金なので、踏み倒しや遅延ができない。貸す方もそれがわかっていて、返せないとなれば、最初のうちは親身で優しい顔をして、利息分まで上乗せしてさらに高利で貸し付ける。その場凌ぎの借り入れと返済を繰り返しているうちに、元金が何十倍にも膨れあがっているという寸法だ。

また、座頭の金貸しは、居催促強催促といって、取り立ての厳しさでも知られている。仲間同士、数人で手を組んで貸し付けた相手の家に上がり込んで何日も居座り、悪態や恨み言を呟き続けたり、どこに出掛けるにも付いてきて、隣近所に悪口雑言を撒き散らしたりと、陰湿でしつこく、たちが悪い。

もし借金が返せなかったり、堪りかねて座頭を殴ったりした日には、すぐさま寺社奉行に訴え出られ、武家の場合は遠慮差控の処分を受けたり、家風によっては永《なが》の暇《いとま》となることもある。これを恥じて出奔する者や、面目を傷付けられて切腹する者すらいるとお吟は聞いたことがあった。

「事情はよく知らぬが、それで一家がばらばらになり、金貸しの座頭を殺したいと言っていた。あの娘、名前も忘れてしまったが、どうしていることやら……」

お吟は溜息をつく。それは逆恨みというものだ。どんな理由があったとしても、最初に金を借りた方が悪いに決まっている。

「その娘が道場に来たのはそれっきりですか」

「ああ。仇討ちなど、諦めてくれていたらいいのだが……」

「いつ頃の話です」

「もう四、五年も前になるか。年の頃は、お主と同じか、一つ二つ上といったところだったかな……」

何やらしんみりしてしまった。

稽古で汗を流す気もすっかり失せて、お吟は道場を後にした。まだ朝も早いうちだったから、そのまま家業の楊枝屋を手伝うために浅草寺の方角へと足を向ける。

お吟が看板娘を務めている店は、浅草寺の門前町にあった。間口二間ばかりの小さな店だった。

「お母、ただいま」

お吟が店を覗き込むと、奥では母が、石臼で五倍子《ふし》を挽《ひ》いていた。

母は返事もしてくれず、お吟と目を合わせようともしない。

このところは美代次に入れあげて、店も手伝わずにぶらぶらしていたから、すっかり愛想を尽かしているのだろう。

口は利いてくれなくとも、文句を言ってこないのは、お吟がいるのといないのとでは、店で扱っている楊枝の売れ行きが五倍も十倍も違うからだ。

楊枝屋といっても、扱っているのは主に、先を硬い刷毛状に仕上げた房楊枝で、塩やら薄荷やらを付けて歯を磨くためのものだ。お吟の父は楊枝職人で、日がな一日、狭い長屋でこれを作り続けている。他にはお歯黒に使う五倍子粉なども扱っており、母が店の奥で挽いているのはこれだ。

「はい、楊枝、楊枝、房楊枝。口中悪しき臭いを去る房楊枝だよ」

早速、お吟は襷掛《たすきが》けして店先に立つと、手にした房楊枝を左右に振って、唄うように拍子を付けながら道行く人に声を掛けた。

浅草寺門前町には商売敵が多く、お吟の店に限らず、だいたいどこも看板娘を置いている。

中には楊枝を買うよりも看板娘に会うのが目当ての者もいて、そういう客は、気を引くために必要もないのに十本も二十本も買っていったりする。浅草寺界隈で売られている房楊枝の殆どは、歯を磨くためではなく焚き付けに使われているなどと、冗談めかして言われているくらいだ。

お吟も割合、人気のある方だったが、何しろ気紛れで店先に立ったり立たなかったりなので、贔屓の客もこれでは通い甲斐がない。

「おや、お吟じゃないか。このところ見かけないと思っていたが……」

よろよろと腰を屈め、杖を突いて歩いてきた老人が、お吟の姿を目に留めて声を掛けてきた。

「ああ、辰爺《たつじい》さんじゃないのさ」

お吟は普段は出さないような、媚びた高い声を上げる。

「この放蕩娘が。今度はどこをぶらついていたんだ」

「あはは。意地悪なことは言いっこなしだよ。ちょうど良かった。何か買ってってっとくれよ」

「じゃあ房楊枝を二本だけ買うか。年寄りだから、柔らかいのを頼む。それから薄荷の小袋も一つ貰おうか」

「まいどー」

そう言ってお吟が品物を取るため、店の奥を振り向いた時である。

老人が手を伸ばしてきて、着物の上からお吟の尻の割れ目を撫でた。

「きゃあっ」

お吟は悲鳴を上げ、尻を押さえて跳び上がる。

「もうっ、いやらしい。今度やったらただじゃおかないよ！」

にやにやと笑っている老人に向かって、お吟は怒ったようなふりをして腕を振り上げてみせた。

「くわばらくわばら、年寄りのやることなんだから許せ」

老人は金を払って品物を受け取ると、笑いながら去って行った。

やれやれと思って横を見ると、そこに、ぽかんと口を開けて立っている唐犬権兵衛の姿があった。

「……黄色い声上げやがって、気味が悪いぜ」

「何だよ、見てたのかい」

呆れ顔の権兵衛に向かって、ばつの悪い気分で舌打ちしながら、お吟は言う。

「あの爺い、命知らずだな」

そう呟く権兵衛の、短い袴から出ている素足の臑を、お吟は突っ掛けている下駄の先で、ガンッと蹴り上げた。

「痛えっ、何しやがる」

権兵衛が脚を抱えてぴょんぴょん飛び跳ねる。

「何の用で来たのか知らないけど、あんたみたいな柄の悪いのに店先に立たれちゃ他のお客さんが怖がるんだよ」

小声で脅すように、お吟は低い声を出す。

「それから、さっきの爺さんはこっちが五つの時から買いに来てくれているお得意さんだ。私の尻の一つや二つ撫でてて元気が出るなら、別に構やしないんだよ」

「……手下が同じことしたらどうするんでい」

「半殺しに決まってるだろ」

「怖い怖い」

権兵衛が肩を竦める。その仕種に、わけもなくお吟は苛々した。

「どちらにせよ、私しゃ普段は楊枝屋の看板娘のお吟ちゃんで通ってるんだ。お前みたいなのと口を利いてるだけで悪い評判が立つんだよ」

「聞いて呆れるぜ。お前、やらかしただろう」

「は？」

心当たりがありすぎて、思わず裏返った声が出る。

「例の美代次とかいう役者だ。夜中に芝居小屋から出掛けて行ったっきり、帰って来ねえらしいじゃねえか」

「ちょいとこっちに来な」

お吟は権兵衛の耳たぶを摘まんで引っ張り、往来から目立たない店の陰に引っ張って行く。

「痛えっての」

「あの美代次とかいう陰間野郎がどこに行ったかなんて、私しゃ知らないよ」

「よく言うぜ。あの宮地芝居の小屋の木戸を巡って、白柄組と一悶着あったっていうじゃねえか。掠ってどうした。殺したのか？」

お吟は思わず舌打ちした。

掠ってきた美代次は、だいぶ痛めつけた後、醬油問屋の小倅である手下の一人に言い付けて、空になった樽に閉じ込め、小網町にある蔵の隅に放置している。

さすがにちんこまでは、次に舐めた真似をしたら切り落とすと脅すだけに止《とど》めた。

「何があったのか知らねえが、白柄組の連中が、お前を探しているぞ。それを忠告しに来てやったんだ」

美代次のやつは、そろそろ解放してやろうかと思っていたが、その足で白柄組に泣きつかれたら、これは本当に白柄組と鶺鴒組の間で事を構えることになる。

「お前のそんな困り顔を見るのは初めてだ」

権兵衛の口調が妙に楽しげなのが癪《しゃく》に障る。

「何なら唐犬組が加勢してやってもいいんだぜ」

「代わりに大小神祇組との一件に手を貸せってことかい」

「その通りだ」

「後に引けなくなるよ。組と組じゃなく、町奴と旗本奴の争いになる」

「望むところだぜ」

「少し考えさせとくれ」

事を構えるのはいいが、幡随院長兵衛を殺ったのが、本当に水野十郎なのか、少し調べる必要がある。

「考えるって何をだ？　喧嘩して痛めつけて勝てばいいだけじゃねえか」

「だからあんたは馬鹿だってんだよ」

うんざりした気分で、お吟はそう言った。

8

「た、頼む！　見逃してくれ。俺は白柄組じゃあ、ほんの下っ端なんだ」

「へえ、そうなのか。だったら運が悪かったなあ。その野暮ったい白い刀の柄と下緒を見ると、俺は気分が悪くなるんだ」

そう言いながら夢乃市郎兵衛は、柱に縛りつけた男の耳を指で摘まみ上げ、長ドスをゆっくりと前後に動かして削ぎ落とし始めた。

男が叫びを上げ、縛られた体を激しく動かして暴れる。

桜川五郎蔵は、その凄惨な光景に思わず息を呑み、固く目を瞑る。

部屋の中には、他にも数名、笄籭組の残党たちがいたが、いずれも桜川同様、青ざめた顔で、男から目を逸らしている。

男は青山播磨の屋敷に仕える中間だった。夢乃が潜伏している、この深川の比丘《びく》尼宿《にやど》に、たまたま客として訪れたのが運の尽きだった。粋がって脇差しの拵えを白くして、鞘《さや》に白い下緒を結びつけていたのだ。

「侍でもねえくせに、旗本奴の威を借りて使いっ走りみてえな真似しやがって。俺はそういう半端な野郎が一番嫌いなんだ」

切り取った耳を眺めながら夢乃が言う。

「もう一度聞くが、お菊は間違いなく青山家の屋敷にいるんだな」

「そ、それは……」

「屋敷から一歩も出してもらえないのは、播磨の野郎が監禁しているからか」

男は口ごもる。お菊が番町の青山家の屋敷にいるのは十中八九間違いないが、中でどのように過ごしているのかまではわからない。

「言いたくなけりゃ別にいいんだぜ」

夢乃は薄ら笑いを浮かべてそう言うと、すでに髻《もとどり》を落とされてざんばら髪になっている男の、逆側の耳を摘まみ上げた。男が短くひっと悲鳴を上げる。

「うーん、両方削いじまうと、聞こえなくなっちまうかもしれねえな。やっぱり鼻にしとくか」

首を傾げて少し迷ってから、夢野は男の鼻先を指で挟み、今度はそれを削ぎ落とし始めた。

「もうそのくらいにしておいたらどうだ」

桜川は夢乃を止めようとした。もはや夢乃は、男から事情を聞くことよりも、いたぶることを楽しんでいるようにしか見えない。

「俺に指図するのかよ、五郎蔵」

だが、夢乃は低い声でそう言うと、切り取った鼻を桜川に投げつけた。

頬に貼り付いた鼻の切れ端を、慌てて桜川は手で払い落とす。

「てめえ、いつからそんなに偉くなった？」

　矛先が今度は桜川に向いた。片耳と鼻を失った男は、すっかり生気も失せて項垂《うなだ》れている。

「湯屋で四郎兵衛が殺られた時、お前、一緒にいたらしいじゃねえか」

　夢乃の兄である放駒四郎兵衛が白柄組に襲われた一件のことだ。

「何でお前だけ助かったんだ？　真っ先に尻尾を巻いて逃げ出したんじゃねえだろうな」

　血の付いた抜き身の長ドスの刃先を桜川に向け、ちらつかせながら夢乃は問うてくる。

　兄の四郎兵衛とは違い、話の通じる相手でないのはわかっていた。今までは四郎兵衛が抑え役になっており、夢乃も兄の言うことだけは聞く男だったが、止める者がいなくなってしまった。

「俺はよう、四郎兵衛みたいに優しくねえぞ」

　桜川だけでなく、周囲にいる笊籬組の手下たちも威嚇するように夢乃が声を張り上げる。

「おう、五郎蔵。てめえも前から気に入らなかったんだ。四郎兵衛の兄弟分づらしやがって、笊籬組の客分だあ?」

「いや、それは……」

返事をする己の声が震えているのを桜川は感じた。

「だったら白柄組の手下の一人や二人、ぶち殺して来いよ。でかい面するのはそれからにしやがれ」

夢乃が、桜川の古傷がある右足の内股に強かに爪先で蹴りを入れた。

桜川は抵抗することもなく呻き声を上げ、その場に蹲る。

「そういや、お前の脚を竹槍で突いたのも白柄組の連中じゃなかったか? 落とし前は付けたのかよ」

「いや……それは幡随院長兵衛の兄貴が……」

「それも長兵衛の野郎が手打ちにしたのか? それでお前はどうしたんだ。はした金を貰って喜んで黙りやがったのか。この腰抜けが」

さらに夢乃は、蹲った桜川の髷を摑んで顔を上げさせ、その顔に唾を吐きかけた。

どろりとしたものが顔の表面を流れ落ち、桜川は屈辱に肩が震えたが、耳と鼻を削がれた男の時と同様、周りの者は誰も止めに入ろうとはしない。

「面白くねえ。長兵衛の野郎、本当は裏で旗本奴の連中とつるんでやがったんじゃねえか？　四郎兵衛が殺された一件も、長兵衛のお陰で有耶無耶《うやむや》じゃねえか」

舌打ちし、夢乃は隣の部屋へと続く障子戸を乱暴に開く。

そこには黒縮緬の投げ頭巾を被った、尼姿の色比丘尼たちが、肩を寄せ合って震えていた。

富岡八幡宮の別当寺である永代寺の門前ではあるが、この中宿は特にそちらと関わりはない。女たちが尼の格好をしているのは、紛らわしいので町奉行が取り締まるのを敬遠するからだ。

それに若くて美しい娘が尼削ぎや剃髪にし、白粉に紅を差している様子は妙に艶めかしいものがあり、背徳的な気分もそそるのか、好き者相手にはいい商売になっている。

播磨に女を取られた後、白柄組を襲い始めた夢乃は、身を隠すために馴染みだったこの比丘尼宿に用心棒面して上がり込み、そのまま居座ってしまった。

中宿の主も、相手が夢乃では無下に追い払おうとすれば何をされるかわからないので、仕方なく匿《かくま》っているという按配だった。

「その男、お前らで始末しておけ」

帯に挟んだ手拭いで長ドスに付いた血を拭い、夢乃はそれを鞘に収めた。

「どうすれば？」

手下の一人が、恐る恐る夢乃に尋ねる。

「どこの誰かわからねえように、顔の皮をひん剝いて、河原にでも埋めちまえ」

夢乃はそう言うと、震えている色比丘尼のうちの一人を適当に選び、着物の襟首を摑んだ。

女が、ひいっと短い悲鳴を上げる。そのまま奥の部屋に連れ込んで、苛立ちを紛らわすために飽きるまで犯すつもりだろう。

「か、勘弁してくれ！　何でもする！　何でもするから、命だけは……」

柱に縛りつけられた男が、息を吹き返したように再び暴れ始め、必死になって声を上げた。

「命乞いしてきたやつを助けても、ろくなことがねえんだよ。諦めな」

嫌がる女を後ろ向きに引き摺って行きながら、冷たく夢乃が言い放つ。

「何でもする。本当に何でもするから」

「ふうん……」

ふと夢乃が動きを止めた。

「本当に何でもするのか？」

「命さえ助けてもらえるなら……」

「裏切ったら、お前だけじゃなくて親兄弟の命もねえぞ」

夢乃の言葉に、男が必死になって頷く。

「そうだなあ……」

考える様子を見せ、夢乃は摑んでいる女の着物の襟首から手を離すと、ふと床に落ちている男の鼻を拾い上げた。

手で埃を払い、男の傍らまで歩いて行くと、目の前に突き付けた。

「お前の鼻だ。食えよ」

「え……」

男が顔を青ざめさせる。

「何でもするんだろう？　食ったら信用してやる。涙と鼻汁で塩気が利いていて、案外旨いかもしれねえぞ」

笑いながらそう言い、夢乃が男の口の中に鼻を押し込むと、男は一瞬だけ躊躇《ちゅうちょ》したが、やがて必死になって口を動かし、己の鼻を飲み込もうと咀嚼《そしゃく》し始めた。

「おい、見ろよ。こいつ本当に食いやがったぜ」

さも可笑しげに夢乃は声を上げて笑ったが、そこにいる笊籬組の残党も、色比丘尼たちも、誰一人として口を開かなかった。夢乃の笑い声だけが部屋の中に響いている。

もう無理だ。こいつには付いていけねえ。

桜川はそう思った。

夢乃は先ほどの女の着物を摑み、再び奥の部屋へと引き摺って行ったが、男が己の鼻を食わされるさまを見ていた女は、もう抵抗はせず、諦めたような表情でそれに従った。

やがて隣の部屋から、夢乃が平手で激しく女の尻を叩きながら犯す音と、床の軋む音、そして女の苦悶の声が聞こえてきても、その場にいる連中は、お互いに目を合わせることもせず、通夜のように押し黙ったままだった。

9

「お菊、おい、起きてくれ、お菊」

青山邸の女中部屋で横になっていたお菊に、男の声が囁きかけてくる。

時刻は丑ノ正刻（午前二時頃）を過ぎた頃であろうか。

「話していた通り、夢乃が現れた。すぐに来てくれ」

少々焦り気味に男は言う。誰かに見つかったら大変なことになる。

男は、顔に何重にも白布を巻いていた。中間として青山家に仕えている男で、白柄組の下っ端でもある。

夢乃に捕まって拷問を受け、鼻と片耳を失ったらしいが、隙を見て命からがら逃げて来たと聞いていた。少なくとも、播磨にはそう伝えたらしい。

播磨や、白柄組の頭目である三浦小次郎は、夢乃が仕掛けてきた脅しの一つと受け取ったようだが、この鼻削げ男は、こっそりと夢乃からの伝言を持ってきていた。

青山邸の裏木戸を開けさせ、連れ出すために屋敷に忍び込んで来る。男を通じ、夢乃はお菊にそう伝えてきた。男は屋敷の隅にある女中部屋から裏木戸近くまで、お菊を連れてくる算段も命じられているようだった。

寝床から起き上がり、お菊は素早く身支度を整えた。今日か明日かとは思っていたから、準備はできている。

お菊は、青山家の女中奉公人だが、播磨の情婦でもある。特別に一室を与えられており、家人が寝静まった夜半なら、こっそりと表に出ることができた。

外は月明かりがあり、存外に見通しはよかった。鼻削げの中間が、辺りを窺いながら、夢乃がいる場所までお菊を連れて行く。

「おまえさん……」

中間長屋の裏手、月の明かりからも遮られた一角に、夢乃が立っていた。

鼻削げ男が、二人に背を向けて走り去る。どうやらお菊をここに連れてくるまでの役目だったらしい。

「お菊……」

夢乃が感極まった声を上げる。小走りにお菊は近寄ると、夢乃の胸に縋りついた。

「会いたかった」

「つらかったな。播磨の野郎にひどいことはされてねえか」

お菊の頭を撫でながら夢乃が言う。鬼畜のように言われ、町奴の仲間内でも鼻つまみ者になっている夢乃だが、お菊には優しかった。

「もたもたしていると気づかれる。話は後だ。さっさとずらかろう」

「一人で来たの?」

「まさか。表に五郎蔵と、手下たちを何人か待たせている」

忍び込んだ夢乃が中で見つかって争いになったら、屋敷に飛び込んでくる算段なのだろう。

「ねえ、おまえさん、播磨を斬って」

手を引いて裏木戸に向かおうとする夢乃に抗うように踏ん張り、お菊は言った。

「何を言ってる。今は逃げるのが先だ。播磨は後からでも、いくらでも襲える」

「そんなことを言って、前からちっとも、播磨や小次郎には手を出そうとしないじゃないか。下っ端ばっかり相手にして、だから播磨に舐められたんだよ」

「何だと。お菊、てめえ……」

さすがにそこまで言われると、相手がお菊でも夢乃の口調も変わる。

「屋敷から一歩も外に出してもらえず、毎晩、慰みものにされて、私がどんなに怖い思いをしたか……」

再び夢乃の胸元に縋りつき、頭を左右に振ってお菊は涙を流してみせた。

「悔しいよ、おまえさん。今なら播磨も油断している。私が何か適当な口実をつけて、ここに連れてくるから、おまえさんはどこかに隠れて……」

「その必要はねえな」

お菊が言い終わらないうちに、不意に声がした。

はっとしてお菊は振り向く。雲間から照らす月明かりの中、中間長屋の建物の陰から姿を現したのは、白柄組の頭目、三浦小次郎だった。続けて背後から、ぞろぞろと十数人の白柄組の手下たちが湧くように現れる。まるで戦の如く素槍を手にしている者もいた。

「お菊……」

その中には青山播磨の姿もあった。

二人の話を聞いたのか、元から白い顔が、さらに色を失っている。

手下どもの中には、先ほど走り去ったばかりの鼻削げ男の姿もあった。どうやらこの男が播磨たちを連れてきたらしい。

それにしても様子がおかしかった。こんな真夜中に、何故、小次郎や、白柄組の者たちが青山邸に集まっているのか。

「俺がお菊を連れ出しに来るのを喋りやがったな、てめえ」

鼻削げ男を睨みつけ、夢乃が地面に唾を吐いた。

「裏切ったら親兄弟の命もねえと言った筈だ。馬鹿な野郎だぜ。俺はしつこいぞ」

その殺気に、鼻削げ男が狼狽えたように後退る。

「俺が一人で来ていると思うなよ」

片方の手の指で輪っかを作り、夢乃は指笛を鳴らした。

「おい、五郎蔵！　見つかった。入って来い！」

そして築地塀の向こう側へ声を張り上げる。だが、何の返事もなかった。

「裏木戸を閉めやがったのか？」

夢乃の口調には動揺があった。

「いいや、開けっ放しだ。お前の仲間なら、とっくに屋敷に入ってきてるぜ」

三浦小次郎が蝦蟇《がま》のような巨軀《きょく》を揺すりながら言う。

「夢乃……」

　小次郎たちが姿を現したのとは反対側の中間長屋の陰から、表で待っている筈の桜川と笊籬組の手下たちが姿を現す。

　夢乃とお菊は、両側から挟まれるような形となった。

「五郎蔵、何をしてやがる。どうして俺が呼ぶ前に……」

「悪いが、俺たちはもうお前には付いていけねえ」

　意を決したように桜川が口を開いた。

「はあ？　何を言ってんだ、てめえ」

「……そいつらの方から、白柄組に詫びを入れてきたんだよ」

　小次郎が笑い声を上げる。

「この鼻削げを脅して、屋敷に忍び入るための算段と、お菊との伝言役をやらせていたらしいな。桜川が教えてくれなきゃあ、この野郎、黙っていやがった」

　小次郎は傍らに立っている鼻削げの臑の辺りを強かに蹴り上げて言う。

「お前の隠れ先の比丘尼宿に乗り込んで行ってもよかったが、ここで待ち伏せて殺した方が都合がいいと思って待っていたんだ」

すると鼻削げは、わざと夢乃を敷地内に引き入れ、お菊を連れて来た後、すぐさま本邸で待っていた小次郎たちを呼びに行ったのだろう。

夢乃は笊籬組の手下に裏切られ、白柄組に罠に嵌められたのだ。

「お前も長兵衛と同じように、切り刻んで神田川に浮かべてやろうか」

「ああん？」

歪んだ声を夢乃が上げる。ひどい状況だが、尻込みする素振りもない。

「どういうことだ。長兵衛を殺ったのはてめえらだってことか」

「どうせ今からあの世へ行くんだ。教えてやる。長兵衛を殺ったのはこの白柄組だ」

小次郎の言葉に、夢乃は鼻を鳴らした。

「こそこそやりやがって、糞野郎どもが」

夢乃は腰に佩いている二尺五寸の長刀の柄を握った。

白柄組の面々に緊張が走り、一斉に揃いの白い刀の柄を握る。

「お菊……」

そこでふと、黙っていた播磨が震えるような声を出した。

「さっき言っていたことは何だ。拙者を斬れというのは……」

お菊は返事をせず、押し黙る。

「てめえに惚れているふりをしていただけってことじゃねえか。憐れな野郎だぜ」

「おのれ」

夢乃の挑発に乗り、播磨が腰の刀を抜いた。

同時に白柄組の者たちも一斉に抜く。

だが、夢乃はそちらには目もくれず、振り向きざまに長刀を抜き、まず最初に桜川に斬り付けた。

咄嗟のことに慌てた桜川は、まだ匕首の柄も握っていなかった。

反射的に鉄砲のように突きを繰り出し、手の平で刃を受けようとする。

中指と薬指の間に入り込んだ刃が、一気に桜川の肘の辺りまで、太い前腕を二つに切り裂いた。

血を飛び散らせ、桜川が呻き声を上げる。笊籬組の手下たちが慌てた様子でそれぞれ長ドスなどを引き抜いた。

「うらあっ」

相撲取りだった兄の放駒と同様、夢乃の膂力は凄まじかった。

片手で握った長刀を出鱈目《でたらめ》に振り回しているだけのような、型もへったくれもない乱暴な太刀筋だったが、あっという間に笊籬組の手下たちの手足が数本、大根のように切り刻まれて宙に舞い、地面に落ちた。

「かかって来い、こら！　裏切り者の恥晒しどもが！」

獣のように吠える夢乃の背後から、今度は白柄組の連中が一斉に斬り掛かる。

「ひいっ」

悲鳴を上げ、お菊は巻き込まれないよう頭を抱えて夢乃の元から離れた。

頭に血が昇った夢乃は、すっかり我を失っており、頭上で刀をぶんぶん振り回しながら、白柄組の中へと突進して行く。

さすがに旗本たちの集まりである白柄組は、あっさりと夢乃の凶刃に倒れるようなことはなかったが、受け太刀した一人が刀を吹っ飛ばされ、もう一人の刀は途中から折られた。

「播磨あっ！　この腰抜けが！　前へ出て来い！」

夢乃が声を張り上げても、播磨も、そして小次郎も後ろに下がっており、手下どもが立ち塞がっている。

素槍を手にしている手下の一人が、夢乃の間合いの外から、穂先をその肩口に突き立てた。また別の一人が、同じく腕を伸ばして夢乃の膝を刺す。

だが夢乃は目もくれず、刺さった槍の柄を握る二人を引き摺りながら、播磨に向かって突進して行く。

慌てて播磨が、正面から夢乃の額に向かって刀を振り下ろした。

「てめえ、人を斬ったことねえだろ」

播磨の刀は、夢乃の額の正中にがっきと食い込んだが、力が乗らなかったか頭蓋骨がよほど硬かったのか、唐竹割りにはならずそこで止まった。

頭から派手に血を飛び散らしながら、夢乃は握っている長刀を播磨に振り下ろそうとした。

恐ろしさから硬直してしまっている播磨との間に割って入ったのは小次郎だった。

鈍そうな体軀からは想像もできぬような素早い動きで夢乃が振り下ろした刀を受け太刀し、鍔迫り合いに持ち込む。

だが、これは一対一の勝負ではない。動きが止まってしまっては、もはや夢乃に勝ち目はなかった。

周囲を取り巻く白柄組の手下どもが、一斉に刀や槍の尖端を夢乃の体に突き刺す。

夢乃が崩れ落ちた後は、一方的だった。

倒れた夢乃を囲んで、白柄組の連中が何度も何度も、顔や首、胸や脇腹などを突き刺す。完全に息の根を止めなければ、起き上がってくるのではないかと恐れているかのようだった。

桜川は二つに裂けた腕を抱えるようにしてのたうち回っている。腕や足などの体の一部を失った笊籬組の手下たちも、瀕死の状況で呻き声を上げていた。

何があっても出てくるなとでも言い含められているのか、青山家の本邸からも中間長屋からも、誰も覗きに出てくる様子はない。

雨が振った後のように血の溜まりでぬかるんでいる地面に座り込み、がたがたと震えていたお菊が顔を上げると、呆然と佇んでいた播磨と目が合った。

「よう、お吟、房楊枝を売ってくれ。俺は固めが好みなんだ」

「あんた最近、私のところに訪ねて来すぎじゃないかい」

がに股で肩を怒らせながら歩いてくる唐犬権兵衛に、店先で房楊枝を手に愛嬌を振りまいていたお吟は眉根を寄せた。

権兵衛はきょろきょろと辺りを窺い、声をひそめてお吟に耳打ちする。

「今度は夢乃が殺された」

「そんなのとっくに知ってるよ」

唐犬組の手下どもは、殆どが権兵衛が親方を務める町鳶の組で人足として働いている。

一方の鶺鴒組は、商家の小倅や手代、職人や遊び人など、いろいろと揃っているから、唐犬組よりずっと噂などが耳に入ってくるのが早い。

「畜生、いったいどこの誰の仕業だ。見当もつかねえ……」

「白柄組じゃないの」

あっさりと言うお吟に、権兵衛が目を丸くする。

「お前、長兵衛兄貴を殺したのは、水野十郎かどうかわからねえって言っていたじゃねえか」

「まあね」

「だから俺も、物事は慎重に考えるようにしたんだが」

「長兵衛兄貴の時とは事情が違うだろ。夢乃の場合は、間違えて四郎兵衛も襲われて殺されてるし、そもそもあんな面倒なのを敵に回そうなんてやつ、他にいないじゃないか」

「そうなのか?」

呆れた気分でお吟は答える。

「そうだよ」

「ややこしい話だぜ」

「そうでもないよ」

「お吟、てめえ、俺に喧嘩を売ってるのか」

「だから、何でそうなるのさ」

うんざりして、お吟は溜息をつく。

「まあいいや。房楊枝、固めがいいんだっけ。何本?」

「女房と餓鬼の分もまとめて、五本ほど貰おうか。それから薄荷の小袋を一つ」

「はいはい。まいどー」

お吟は品物を取ろうと店の奥を振り向く。

そのお吟の尻に、権兵衛が手を伸ばす。

素早く気配を察し、お吟はその手首を取って逆関節に捻り上げた。

「痛ててて、痛えっての。冗談だろうが」

「冗談で済ませてもらいたいなら、あと十年は通って、お得意さんになるんだね」

手を離し、お吟は品物を包んで放り投げるように権兵衛に渡して金を受け取ると、店の奥に向かって声を掛けた。

「お母、ちょっと出てくる」

相変わらず店の奥で石臼を挽いているお吟の母は、返事をしないどころか顔も上げず、娘と目を合わせようともしない。

一方のお吟もさして気にもせず、袖を縛っていた襷を取ると、権兵衛の顔を軽く平手で張った。

「ぼんやりしてないで付いてきな」

「どこに行くんだ」

「私の方も話があったんだ。とりあえず観音様にでもお参りしがてら、歩きながら話そうや」

さっさと先に立ってお吟は歩き始める。

「ったく、何かってえと手を出してきやがって。お前のところの手下は、ご褒美か何かと勘違いしてるんじゃないのか」

「確かに、叩いてやると嬉しそうな顔をするやつが多いかもね。あんたもそうじゃないの」

「そういや、あの女形はどうした」

「ヤキは入れたけど、ちゃんと五体満足で帰してやったさ。私も鬼じゃないからね」

今となっては、怒りにまかせて美代次を掠ったことを、お吟は少々後悔していた。美代次に同情の気持ちはないが、後先考えない己の行動が、町奴と旗本奴の関係をややこしくしてしまった。

他人事《ひとごと》だと冷静だが、自分の事となると感情を抑えられなくなる時がある。そういう点では、自分も権兵衛や夢乃と大した違いはない。どうも自分は、師匠である佐々木累のようにはなれないようだ。

権兵衛が歩いているだけで、道行く人は目を合わせないように顔を伏せ、道を空ける。

中には妙な愛想笑いを浮かべてへりくだった挨拶の言葉を掛けてくる、町奴風の格好をした半端者もいたが、権兵衛ともども、面倒なので返事もせず無視した。

お吟の楊枝屋から、浅草寺の本堂までは、ほんのひと跨《また》ぎといったような近さだ。

寛永十九（一六四二）年に、門前町から出た火事で一度は燃え落ちた浅草寺だが、先年の慶安二（一六四九）年に、将軍家光が願主となって堂宇が再建されたばかりだった。

真新しい本堂の前は参詣客で賑わっており、もうもうと白い煙を上げている常香炉の周りには人集《ひとだか》りができている。

「あーあ、どこかにいい男はいないもんかね。何で私が、あんたみたいな野暮ったい男と一緒にお参りに来なきゃならないのかねえ」

ひと先ず賽銭を上げて手を合わせると、お吟は腰を落ち着ける場所を探して辺りを見回す。

「野暮ったい？　この権兵衛に憧れて、抱かれたいって女なら、江戸に百人は下らないぜ」

「気が知れないね。あんたに抱かれるくらいなら、同じ犬でも野良犬にでも抱かれた方がましってものさ」

「おうおう、未通女《おぼこ》の癖に粋がるなって」

からかい声を上げる権兵衛の髷をお吟は摑み、上を向かせると同時に膝裏を軽く小突いて地面に仰向けに倒した。

「くっそう、てめえ……」

お吟の鮮やかな技に、周囲にいた者たちが感嘆の声を上げ、血相を変えて慌てて立ち上がった権兵衛の様子を見て、子供が指を差して笑い声を上げた。

「何度やっても同じだよ。あんたら力だけは強いけど、その使い方がなっちゃいないからね」

お吟はさっさと権兵衛に背を向けると、本堂の前で商売している茶屋の一つまで下駄を鳴らして歩いて行く。

怒りで頭から湯気を立てながら、権兵衛がその後を付いて来た。

「どうも妙な按配なんだよ。長兵衛兄貴の亡骸が捨てられる少し前……どんど橋で座頭が殺されたって話はしたっけ？」

「いや……」

　権兵衛が首を捻る。

「手下たちに調べさせたんだけどさ……」

　茶屋の軒先に腰を下ろし、お吟は二人分の茶を注文する。

「殺されたのは鷺《さぎの》ノ市《いち》っていう金貸しだったらしいが、旗本なんかにも手広く貸していたらしい」

「座頭金ってやつか。じゃあ、それで恨みでも買って殺されたんだろうよ」

　お吟の隣にどかっと腰を下ろし、足を組みながら権兵衛が言った。裾の短い袴を穿《は》いているので、膝小僧と毛だらけの臑が顕わになる。

「かもね。だけど、ちょいと気に掛かってさ。似たような話を、近頃聞いたばかりで……」

　佐々木累が言っていたことだ。数年前、座頭から金を借りたのが元で一家がばらばらになり、仇討ちを狙っている娘が入門しようと訪ねて来たという話だ。

　その鷺ノ市という座頭が娘の狙っていた相手なら、見事に仇討ちを果たしたということだろうか。

「今回の件、元々は、夢乃のやつが白柄組の播磨に女を取られたのが、事の発端だろう」

よくよく考えてみれば、下世話な話だ。

「ああ。ところが間抜け野郎の青山播磨が、夢乃と間違えて放駒四郎兵衛を殺っちまった」

「何で播磨は、四郎兵衛が湯女風呂にいるのを知っていたんだろうねえ」

「そりゃあ湯屋に、たまたま白柄組のやつがいて、急ぎ播磨を呼びに行ったんだろうよ」

「それにしちゃあ、人を集めて殴り込みをかけるまでの段取りが良すぎるよ。湯屋に夢乃が現れると思って、手下に見張らせていたんじゃないのかい」

「あの雉子橋通りの湯女風呂は四郎兵衛の行きつけだ。だから夢乃は寄り付かねえ」

「へえ、そうなのかい」

「四郎兵衛のおごりで俺も何度か遊びに行ったことがあるが、四郎兵衛本人がそう言ってたぞ」

「兄弟揃って繰り出したりは？」

「あの兄弟はそんなに仲が良かったわけじゃねえよ。夢乃も四郎兵衛だけには頭が上がらねえから、一緒にいると面白くないってんで、兄弟で飲んだり買ったりつるんだりはしていなかった筈だ」

「ふうん。ますます変だねえ」

お吟は腕組みして考える。

だとすると、夢乃が湯女風呂に現れるかもしれないと播磨に吹き込んだやつは、夢乃と四郎兵衛を間違えるようにわざと仕向けたようにも感じられる。

笊籬組の兄弟は見た目は瓜二つだと、町奴なら誰でも知っているが、旗本奴たちがそれを知っていたかどうかはわからない。

「何が変なんだ。兄弟で同じ女を抱いたら、違う意味でも兄弟になっちまうじゃねえか。俺はそんなのは気にしないが、ああ見えても夢乃は細かいところがあって……」

「そんな話じゃないよ」

うんざりした気分でお吟は権兵衛の話を止めた。

「その、播磨が奪ったっていう夢乃の女だけどさ」

今までは興味がなかったから、気にもかけていなかった。

ちょっとでも見た目や条件が良さそうな男が現れれば、次から次へと乗り換える、どこにでもいる尻軽女だろうくらいにしか思っていなかったからだ。

「名前は知っているかい」

「確か、お菊じゃねえかな」

運ばれてきた茶を受け取って啜りながら権兵衛が言う。

かつて仇討ちのために入門を求めてきた娘の名を、累は忘れたと言っていたが、聞けば思い出すかもしれない。

「私の考えが合っているなら、座頭殺しは夢乃の仕業だったのかもしれない」

「はあ？　夢乃の野郎、座頭から金でも借りていたのか？　そんな話は聞いたことがないぜ」

首を傾げる権兵衛に、お吟はもう面倒くさくなって、自分の考えを教えてやる気にもなれなかった。

10

「水野様、久方ぶりでござる。何でも小普請入りされたとか」

吉原にある揚屋の座敷に入ってくるなり、三浦小次郎はそう言って平伏した。

妙に頭が大きく、首回りに脂肪のついた小次郎が床に這いつくばると、その体躯《たいく》も相俟って、まさに大蝦蟇といった按配だった。

「おう。だからといって何が変わるわけでもないがな」

脇息《きょうそく》に寄り掛かって盃を手にしていた水野十郎は、苦笑まじりにそう答えた。

大番旗本である小次郎が、小普請入りしたばかりの十郎に世辞を言うのも妙な話だが、旗本奴の間では、家格や禄高、役付きか否かなどは関係ない。

小次郎の背後では、同じように青山播磨が平伏していた。

「堅苦しいから顔を上げろ」

十郎の傍らで、馴染みの太夫の肩を抱きながら飲んでいた加賀爪甲斐が言う。

顔を上げた小次郎は、不安げに座敷の中を見回している。その背後に控えている播磨は、稲荷神社に奉納する陶器の狐を思わせるような、生っ白くて目の細い男だった。

「蝦蟇に稲荷の組み合わせか」

思わずそう呟いた十郎に、小次郎が訝しげな表情を見せる。

「へ？」

「いや、何でもない」

十郎は咳払いする。

小次郎と播磨は、大小神祇組の面々、水野十郎左衛門と加賀爪甲斐、それに坂部三十郎の三人が集まって飲んでいるところに、突然呼び出された形だった。

「そう緊張するな。お主らも飲め」

すでにだいぶ出来上がっている坂部が、赤い顔で銚子を手にして掲げた。

慌てて小次郎は、己の膳の上に載った酒杯を手にして差し出し、それを受けようとした。

「てめえ、白柄組の分際で、この坂部三十郎に酌をさせるつもりか！」

「ええっ？」

突然、理不尽なことを言って絡んでくる坂部に、小次郎が戸惑った声を上げる。

「表に出やがれ」

「坂部、やめろ。話ができぬ」

冷静に、十郎はそう言った。

坂部は普段はさほどの暴れ者ではないが、酔いが過ぎると誰でもいいから理不尽な口実を作って殴ったり斬ったりしたくなるという性分の持ち主だった。

十郎の前では大人しくしていることが多いが、夜陰に乗じて辻斬りなどしていると噂されるようになったのは、この酒癖の悪さのせいだろう。いや、実際に酔った勢いで遊びに人を襲ったりしているのかもしれないが。

「貸せ」

坂部の手から銚子を奪い、十郎がそれを前に出す。

「ほら、十郎が杯を出せと言ってるんだ、さっさと受けろ」

煽《あお》るように坂部が言う。また何か理不尽な絡まれ方をするのではないかと勘ぐったか、小次郎はびくびくとした様子で酌を受けた。

その情けない様に、加賀爪にしなだれかかっている太夫が口元を袖口で覆ってくすくす笑う。それに倣《なら》って、座にいる太夫が引き連れてきた新造たちも笑い声を上げた。

「遠慮するな」

播磨にも注いでやると、二人は一気にそれを呷って飲み干した。

「まだるっこいのはご免だ。本題から入ろう。夢乃を殺したのはお前らか」

十郎が単刀直入にそう問うと、小次郎と播磨が顔を見合わせた。

そして十郎の顔色を窺うように、慎重に小次郎が頷く。

「そのこと自体は構わぬ。先に手を出したのは夢乃だからな」

十郎のその言葉に、小次郎と播磨はほっとした表情を見せた。

元々、この件は白柄組と笊籬組、もっと言うなら播磨と夢乃の間に起こった争いだ。町奴を一人片付けたくらいのことで十郎がとやかく言う筋合いのものでもない。

十郎が長兵衛との間で交わしていた手打ちの約束も、すでに有耶無耶になっている。

「お主らは近頃、町奴の連中と次から次へと揉め事を起こしすぎだ」

加賀爪が横槍を入れる。

「笊籬組の次は、芝居の木戸を巡って鶺鴒組と揉めたらしいではないか。耳に入ってるぞ。また十郎に尻拭いをさせるつもりではあるまいな」

「いや、そのようなことは……」

小次郎の額の生え際から、汗がたらりたらりと流れ落ちてくる。

それを見て思わず十郎は呟く。

「蝦蟇の油……」

「へ？」

「いや、何でもない」

酒が入って少し酔っているからか、どうにも思い浮かんだことがそのまま口に出る。

「そもそもは、お主らが下手を打って人違いで放駒四郎兵衛を殺したせいで、話がややこしくなったのだ。わかっておるのか」

呂律の回らぬ口調で坂部が言う。

「面目次第もございませぬ……」

「てめえの面目なんざどうでもいいんだよ」

坂部が冷たく言い放ち、手にしている酒を呷る。

「いろいろと聞きたいことがある。長兵衛殺しだが、誰の仕業だと思う?」

十郎は、じっと小次郎を見据えて言った。

小次郎は、そわそわと播磨と目配せする。

口を挟もうとする坂部を制し、十郎はじっくりと返事を待った。

「いや、皆目……」

「本当か?」

蝦蟇の油を噴き出しながら小次郎が頷く。

「巷間では、拙者が長兵衛を騙し討ちにしたことになっている」

町奴連中の間だけでなく、広く世間でもそう思われているようだった。

「堂々と一人で屋敷を訪ねて来た相手を、騙して殺したとあっては、こちらの男が下がるのだ。だから本物の下手人を捜し出さなければならぬ」

十郎はちらりと加賀爪の方を見て、顎をしゃくった。

加賀爪が頷き、ひと先ず太夫らを座敷から追い出す。ここからは身内だけの話だ。

「長兵衛の亡骸が浮かんだ、どんど橋の辺りで、以前に座頭殺しがあった」

妙な話を始めた十郎に、小次郎が困惑の表情を見せる。

「殺されたのは金貸しをしていた鷺ノ市という座頭だ。知っているな、お主ら」

加賀爪が付け加えるように言う。

「いや、座頭の知り合いは……」

「しらばっくれるなよ」

坂部が低い声を出す。

「お主ら、大小神祇組に無断で賭場を開帳しているらしいな」

十郎がそう言うと、今度こそ、はっきりとした動揺が小次郎と播磨から伝わってきた。

「鷺ノ市本人とは顔見知りではなかったかもしれぬが、賭場に手代を出入りさせていただろう」

賭場で借金を作った客に金を貸すためだ。鷺ノ市は自分の代わりに目明きの手代を雇い、胴元である白柄組に礼金を払って賭場に出入りさせていたらしい。

負けが込んだやつは胴元から金を借りるのではなく、賭場にいる金貸しの手代を紹介され、そちらと証文を交わして負けを払う。こうすれば、賭場を開帳している白柄組は面倒な借金の取り立てをする必要もないし、取りっぱぐれることもない。

礼金も懐に入る。

金貸しの方は、客を紹介してもらえるから両者が得をする。もちろん、鷺ノ市の他にも市井の金貸しも出入りしていたのだろう。

「決まりは忘れてねえよな？」

坂部が念押しするように言った。

大小神祇組の傘下にいる旗本奴連中には、無断で賭場を開くのを禁じていた。寺銭を取って場所を貸すくらいならいいが、旗本が自ら胴元となっては、あまり大っぴらにやると見せしめに取り締まりを受けることになる。そしてこの手のしのぎは、いずれ気づかぬうちに規模が大きくなっていくものだ。

やるなら旗本奴の元締めである大小神祇組に知らせ、稼ぎから上納金を入れる決まりだ。十郎の知らぬところでやられると、いざという時に対処できない。

そもそも旗本奴は、やくざ者でもなければ博徒でもない。ぐれてはいても、れっきとした武家だ。その辺りの線引きを間違えると、家名を落とすことになる。

背負うものがない町奴たちとは、そこが違っていた。いずれは足を洗う日がくる。家督を継ぐ者もいれば、直参として真面目に勤める者もいる。

十郎の頭に、光国の姿が浮かんだ。生涯、傾《かぶ》いたままではいられぬのだ。

「どうなんだ？」

十郎が再び問うと、慌てて小次郎が弁明を始めた。

「た、確かに、ここにいる青山播磨の屋敷で賭場を開いたことはありますが、それは中間どもが勝手にやったこと。白柄組は寺銭すらも取ってはおりませぬ」

いかにも苦し紛れだ。

「そうなのか」

十郎が睨みを利かせると、播磨も頷いた。

「黙っていたのは深くお詫び申し上げます。上納金は必ず……。それに中間どもには、きつくヤキを入れておきます」

そんな子供じみた言い訳が通じると思っているのが癪だったが、証拠もない。

坂部が「やるか？」という様子で十郎の方をちらちらと見てくるが、ここでこの二人を半殺しにしても意味がなかった。十郎は頭を横に振る。

胸くそ悪いが、今日はそれを責め立てるために呼んだわけではない。

夢乃殺し、座頭殺し、ひいては長兵衛殺しのうちのいずれかが、この連中の仕業ではないかと睨み、面と向かって探りを入れてみたかったのだ。

「折角来たんだ。馳走してやるから食っていけ」

十郎がそう言っても、小次郎と播磨は遠慮して箸を持とうともしない。

「ほれ、お主の膳に載っている小鉢、それが何かわかるか」

口元に薄笑いを浮かべて坂部が言う。この場で半殺しにするのでないなら、別なやり方でいびり倒してやろうと考えたのだろう。

「塩辛……でござるか？」

「その通り。但しそれは蛞蝓《なめくじ》の塩辛だ」

不思議そうな顔をしている小次郎に、坂部が言う。

「な……」

膳の上に載っている塩辛を二度見して、小次郎が狼狽えた声を出す。

坂部が小鉢から指先で塩辛を摘まみ上げ、それを口に放り込んで嚙む。

「うむ、旨い。これぞ珍味だ」

「そっちは蝮《まむし》の蒲焼き。精がつくぞ」

この趣向に乗って、加賀爪までもがそんなことを言い出す。

「う……」

播磨が口を押さえ、膳を手で押して自分から離した。

「蝦蟇に蛞蝓に蛇か。三すくみだな」

苦笑を浮かべながら十郎が呟く。

「へ？」

小次郎が泣きそうな声を上げる。

「何でもない」

十郎が咳払いすると、坂部がさらに調子に乗って言った。

「百足《むかで》の吸い物に、蛭《ひる》の入った膾も用意してあるぞ」

「何だ、怖じ気づいているのか。こんなものは大小神祇組の宴会では当たり前の献立だ。度胸試しだ。残さず食えよ」

加賀爪にそう言われては拒めない。小次郎は箸を手に取ると、ぬるりとした塩辛を一片、恐る恐る摘まみ上げた。目を瞑ってそれを口の中へと放り込むと、込み上げてくるものを戻さぬように手で覆う。

播磨もそれに倣い、意を決したように固く瞼を閉じて、蝮と言われた蒲焼きの端の、よく焦げたところに齧り付く。

「ただの塩辛に鰻の蒲焼きだ。妙な物は入っていないから、安心して食え」

どうにも気に入らない相手なので黙っていようかとも思ったが、少々、気の毒になり、十郎は口を開いた。酒席で戻されても興が削がれる。

面白がってそれを見ていた坂部が舌打ちする。

「野暮だぜ、十郎」

「お主が悪趣味なんだ」

溜息をついて十郎はそう言った。

11

「ようっ、『ほの五番』の束を渡せや」

ぐらぐらと揺れる梁の上に跨がった唐犬権兵衛が、下で材料の段取りをしている大工の棟梁《とうりよう》に向かって怒鳴り声を上げた。

「ここからじゃ届かねえよ」

白髪まじりの棟梁が、権兵衛を見上げながら声を出す。

「じゃあ投げろ。耄碌《もうろく》爺いが」

しっかりと股で梁を挟んで足先を上手く絡め、落ちないように均衡を保ちながら、権兵衛は両手を広げた。

「何だと若造。受け取り損なって落っこちても知らねえぞ、この野郎」

喧嘩越しの口調で言い返し、棟梁は長さ三尺ばかりの三寸角の束柱を、梁の上にいる権兵衛目掛けて力任せに投げ付けた。

「おっと」

勢いよく飛んできた束柱を、権兵衛は上手く両手で掴む。

「よく届いたな。褒めてやるぜ」

「てめえ、権兵衛。後で下りてきたら覚えていやがれ」

棟梁はそう言い捨てると、権兵衛が乗っている梁を支えている柱を蹴り上げた。

まだ仮組みで筋交いも通していないので、棟上げの最中の家の骨組みが大きく揺れる。

「危ねえっ、やめろ」

別の束柱を肩に担いで、幅一尺もない梁の上を歩いていた猪首庄五郎が、足を滑らせかけて声を上げる。他にも、唐犬組の若い連中が数人、梁の上で組方の作業をしていた。

「よしっ、束柱を全部立てたら、さっさと棟木を上げて一杯やろうや」

笑いながらそう言い、権兵衛は立ち上がると、柱を担いだまま器用にひょいひょいと梁の上を歩いて行く。

「えーと、い、ろ、は、に……」

そして束柱の位置を確かめた。

家屋の通り芯は、それぞれ縦横に、い通り、ろ通り、は通り……と、いろはの順番と、一通り、二通り、三通り……と数の順で番付がされている。

つまり、「ほの五番」は、ほ通りと五通りが交差するところに立つ柱ということだ。ちなみに、建て方の際に真っ先に立てる、角にある柱が「いの一番」である。

同じように、差し渡しの小梁などは、「ろの一又ろの二」などと呼ばれる。

材木を刻んで部材を作り、段取りをするのは大工の仕事だが、実際に梁の上を飛び回って組むのは権兵衛ら町鳶の仕事だ。大工が梁に登るのは、すっかり組み上がってぐらつきを筋交いで止め、外側に足場が上がってからだ。

権兵衛は手にしている束柱の枘《ほぞ》を梁の穴に差し込むと、腰の後ろの帯に挟んだ掛矢を引き抜いた。

柱の頭を掛矢の槌《つち》で叩き付けると、軽快な音が鳴り響き、枘が穴へと入り込んでいく。

町屋に建つ長屋の普請だから、狭い割りに部屋が多くて柱の数も多かったが、明け方から段取りを始めた建て方も、正午前には終わりそうだった。

棟木が上がったら、一番高い場所に鬼門に向けて幣帛《へいはく》を立てる。後は地主が梁に上がって餅まきをし、宴会である。

そろそろ終わる頃と見計らってか、餅を目当てに近隣の女房連中や子供らが集まり始めていた。

「おう、権兵衛。こんなものいったい何に遣う気だ」

梯子《はしご》から下りてきた権兵衛に向かって、棟梁が声を掛けてくる。

覚えていやがれと言った割りには、仕事が終われば喧嘩腰も引っ込んで人当たりが好い。

「さすがだぜ、こりゃいいや」

受け取ったのは、棟梁に頼んで作業の合間に作ってもらっていた得物である。

適当な丸太を削り、手元を細くして握れるようにした棍棒だ。

先端の部分には、余った鋳釘を、でたらめに何本も打ち付けてあった。

餅まきが始まったのか、背後で女子供らの上げる歓声が聞こえてくる。

権兵衛は腕まくりすると、試しに何度かその棍棒を振ってみた。びゅんびゅんと風を切って唸る音がする。

「おいっ、振り回すな。危ねえじゃねえか」

「こいつを使って、気に食わねえ旗本奴どもを片っ端からぶちのめしてやるんだ」

「殺しちまうぞ」

棟梁が呆れたような声を出す。

「向こうはどいつもこいつも大小を腰に差してるんだぜ。このくらいでちょうどいいってものよ」

「唐犬の兄貴も、こういう物騒なものを考えつくのには頭が回るんだな」

梁から下りてきた庄五郎が、手拭いで顔の汗を拭いながら言う。

「何だ庄五郎。何ならてめえでこいつの威力を試してやろうか」

権兵衛がそう言って釘棍棒を構えてみせても、庄五郎は慌てもしない。

「たちが悪いぜ。それで殴られたら、ごっそり肉ごと抉《えぐ》られちまう」

「それがどうした」

「長ドスか何かの方が、まだ可愛らしいってことですよ。兄貴、その物騒な得物、片付けた方がいいんじゃないすか。恋女房と小さいのが来てますぜ」

「何だと」

権兵衛が振り向くと、確かに、大きな腹を抱えた十八、九の吊り目をした女と、それに手を引かれた三つ四つばかりの男児が、近づいてくるところだった。

「ととちゃん！　ととちゃん！」

権兵衛の姿を見つけた途端、男児が嬉しそうな声を上げ、女の手を離して走ってくる。

「権之助《ごんのすけ》も来たのか」

相好を崩し、積まれている角材の傍らに釘棍棒を放り出すと、でれでれとしたえびす顔で権兵衛は男児を抱き止めた。

男児は形は小さいが、申し訳程度に前髪を残している他は、権兵衛と同じ剃り込みの入った唐犬額に、ぴんと立った細い糸鬢《いとびん》を結っていた。

権兵衛が肩の上に担ぎ上げてやると、権之助と呼ばれた男児は、きゃっきゃと楽しげに声を上げる。

少し遅れて、大きなお腹を擦ってふうふうと息を吐きながら、女が権兵衛の傍らに辿り着いた。手には、どうやら重箱でも入っているらしい風呂敷包みを提げている。

「そろそろお昼だと思って弁当を持ってきたよ」

「おりょう、無理するな。そんなのうちの手下に言い付けて運ばせりゃいいんだ」

風呂敷包みを受け取り、手頃な木材の上に女を座らせながら権兵衛が言う。

「家でごろごろしてちゃ、元気な子は産めないよ。少しは動いた方がいいんだ」

腰掛けて一息つきながら、おりょうと呼ばれた女はそう口にする。

「煮っ転がしと握り飯くらいしかないけど、みんなの分もあるから配っておくれ」

「おう、庄五郎、先に飯だ。若いやつらに声を掛けてこい」

「へい」

棟上げの終わった長屋の周りで三々五々休んでいる唐犬組の手下たちを、庄五郎が呼びに行く。

「おりょうちゃん、二人目かい」

大工の棟梁が、目を細めながら言う。権兵衛が率いている町鳶の組は、この棟梁とはよく一緒に仕事をしていたから、おりょうとも顔見知りだった。

「おかげさんで」

微笑みながらおりょうが答える。小柄で容貌にまだ幼さを残しているので、お腹を大きくしている姿は妙に釣り合いが取れていない。

「若いから盛んなのはいいが、あんまり無理させんなよ」

下品な笑いを浮かべて、棟梁が冗談めかしたことを言う。

「二人くらいじゃ足りないよ。まだ四、五人は産むつもりさ」

何か言い返そうとする権兵衛を遮って、おりょうが口を開いた。

「心配なのはこの人の方さ。私が腹ぼてで相手ができないから、隠れてこっそり他の女に入れあげたりはしないかってね」

「勘弁しろよ。お前がいちいち怒るから、このところは岡場所や湯女風呂にだって寄り付かないようにしてるんだぜ」

ちぇっと舌打ちし、権之助を地面に下ろしながら権兵衛が言う。

餅まきが気になって仕方なかったのか、権之助はあっという間にそちらへと走って行った。

「よく言うよ。うちにあった、あの房楊枝は何なのさ。いりもしないのに何本も買ってきちゃってさ。あんたが浅草寺門前の楊枝屋の看板娘に入れあげてるってのは、耳に入ってんだからね」

「誰だ、そんなことを言ってるのは」

お吟のことだ。後ろめたいことは何もないが、思わず狼狽えた声が出た。

「身重の私を心配して、長屋の女房仲間が教えてくれたのさ。あんた、目立つんだから、女と歩いてたらすぐに噂になるんだよ」

「そりゃ誤解だ、おりょう」

「ええい、悔しい。あんな房楊枝、全部、竈《かまど》の焚き付けにしてやったよ。次に同じ噂を聞いたら、ただじゃおかないんだからね」

威勢だけはいいが、言いながらおりょうは声を上げて泣き始めてしまった。

傍らにいた棟梁は、夫婦喧嘩に付き合わされるのを避けたのか、犬も食わぬとばかりに、そそくさといなくなってしまっている。

庄五郎や、周りにいる唐犬組の手下どもは、困っている権兵衛の姿を見て、にやにやと笑いを浮かべている。

これは少々困ったことになった。腹が立ったが、怒鳴りつけるわけにもいかない。

確かに、このところ権兵衛は、鶺鴒組のお吟のところに足繁く通い過ぎだった。

一緒に浅草の観音様にお参りに行った時は、道行く粋がったやつらが何人か、町奴の間では顔と名が知られた権兵衛やお吟に挨拶をしてきたが、そのうちの誰かが面白半分に二人が出来ていると噂したのだろう。

「わかったわかった。別に俺は何もしちゃいねえが、お前が嫌がるなら、もう会いにはいかねえよ」

「本当かい？　本当だね？」

涙目のおりょうが、ぎゅっと権兵衛が着ている半纏《はんてん》の袖を握った。

「ああ。間違いねえ」

「それを聞いて安心したよ」

手首の辺りで涙を拭うと、途端におりょうはぱっと花が咲いたような笑みを浮かべた。

「さあ、みんな、ご苦労さん。待たせて悪かったね。大したものはないけれど、お腹いっぱい食べておくれ」

おりょうは立ち上がると、風呂敷包みを広げて重箱を並べ始めた。

この気持ちの切り替えの早さや明るさは、権兵衛がこの女を気に入った理由の一つだった。

言っていた通りの小芋の煮っ転がしに、塩むすび、それに漬け物が少々添えてあり、量だけは十分にあった。

唐犬組の若い手下たちが、わっとばかりにそれに手を伸ばす。

身重な体で朝から働いて、一所懸命に拵えてきたのだろうと思うと、頬が緩んだ。いい女房ぶりだ。

「ほら、あんたの分もあるよ。はい、口を開けて」

「よせよ。餓鬼じゃねえんだ」

箸先に刺した小芋を権兵衛の口に持って来ようとするおりょうと、嫌がって顔を背ける権兵衛の様子に、手下たちが笑う。

「おっ、権之助、大漁だな」

近くに腰掛けていた庄五郎が、両手に溢れんばかりに餅を抱えて戻ってきた権之助に向かって言う。

得意そうな顔をして、権之助はその小さな餅を手下どもに一つずつ配り始めた。

その可愛らしい様子に、おりょうが口に手を当ててけらけらと笑う。

どいつもこいつも刺青を入れたり顔に刀傷があったりして、たちが悪そうに見えるが、権兵衛にとっては、手下や子分というよりは、兄弟や家族のような連中だった。

「あい、ととちゃん」

「おう、ありがとうよ」

権之助は、餅を一つ、権兵衛にも分けてくれた。

思えば長兵衛の兄貴も自分も、身寄りがなくて下谷幡随院新知恩寺に孤児として拾われ、親の顔も知らずに育った身だった。兄弟分であるという以上に、実際の兄弟のように育ったのだ。

喧嘩では長兵衛にも引けを取らなかった権兵衛だが、手に職をつけて真っ当に働けと、町鳶の仕事を口入れしてくれたのも長兵衛だった。

長兵衛の兄貴がいなかったら、今頃自分はやくざ者にでもなっているか、とっくに御陀仏だったに違いない。

不意に権兵衛は、隣に座っているおりょうの肩に手を置き、自分の方に抱き寄せた。

おりょうは嬉しそうな表情を浮かべて権兵衛の肩に頭を乗せてくる。膝の上には権之助が座っており、口の周りを米粒だらけにして両手で持った握り飯を頬ばっている。

今、自分は餓鬼の頃には思い描くこともできなかった幸せに包まれている。

苦しいところだった。幡随院長兵衛が殺されてから、もう三か月以上も経っている。仇を討たなければ唐犬権兵衛の男が下がるが、旗本である水野十郎らを襲えば、町人である権兵衛が、ただで済むわけがない。

守りたいものができてしまっては、そろそろ足の洗い時なのかもしれない。

この件が片付いて、もし軽い罪で済んだなら、男伊達を気取るのはもうやめて女房子供のために真面目に働いて生きるのも悪くないと権兵衛は思った。

「あんた、これは何だい」

おりょうが、ふと足下に転がったままの、出鱈目に釘が打ち付けられた棍棒を見て言った。

「仕事に使う道具だ」

権兵衛は適当なことを言って誤魔化す。近く出入りがあるかもしれぬなどと言えば、おりょうは心配する。いや、権兵衛を止めようとするだろう。

だが、そんな物騒なものを振り回すのも、これが最後だろうという気がしていた。

12

「町奴の連中は腰抜けか。いつになったら水野十郎との間に争いが始まるんだ」

巨体を震わせ、吐き捨てるように三浦小次郎が言う。

「どうやら鶺鴒組のお吟が、町奴どもの動きを抑えている様子で……」

苦々しく感じながら、青山播磨は答えた。吉原にある揚屋の座敷に呼び出され、水野十郎ら大小神祇組の連中に詮索を受けてから、小次郎はずっと苛立っている。

唐犬組の頭である権兵衛は単純な男だから、幡随院長兵衛を殺し、水野十郎がやったかのように見せかければ、深く考えもせず、すぐに争いが始まると思っていた。

実際、長兵衛の葬儀の時にはそんな雲行きだったらしいが、まさか権兵衛を抑えることのできる者が町奴の中にいるとは思っていなかった。

その上、白柄組はそのお吟が率いる鶺鴒組とも、宮地芝居の木戸の一件から一触即発の状態になっている。

「畜生、あの女め……」

首回りに脂肪がだぶついているため、見たとおりの蝦蟇の鳴き声のような唸り声を小次郎は上げる。

お吟とは芝居茶屋で会った時に話がついたと小次郎は思っていたようだが、鶺鴒組は手打ちの金を受け取ったにも拘わらず、約束を反故《ほご》にして美代次を掠った。

舐められているとしか言いようがない。

行方がわからなくなっていた美代次は、数日前に頭を丸坊主にされて真っ裸で縛り上げられ、小網町近くの溝板《どぶいた》に捨てられていた。散々にヤキを入れられたのか、顔は赤紫色に変色して腫れて膨れ上がり、見るも無惨な様子だったらしい。

小次郎が会いに行っても顔を見られたくないのか帰ってくれと言うばかりで、看板女形を失った一座は、近く小屋を畳む予定だと聞いていた。

小次郎の機嫌が悪いのは、そのせいもあるだろう。

美代次は口を閉ざしているようだが、やったのは間違いなく鶺鴒組だ。

悩みの種だった夢乃市郎兵衛は何とか片付けたが、水野十郎が率いる大小神祇組に向かう筈だった町奴どもの怒りの矛先が、白柄組に集まりつつあるのを播磨は感じていた。

「何もかも上手くいかぬ。これでは八方塞がりではないか」

声を荒らげ、手にしている盃を小次郎が播磨に向かって投げつけてきた。

額に当たり、酒が飛び散って盃が床の上を転がる。

「お主が下手を打って、人違いで放駒四郎兵衛を殺ったからだ。そもそも、あのお菊とかいう女が疫病神だ。あの女がお前のところに転がり込んできてから、ろくなことが起こらぬ」

幡随院長兵衛を殺ろうと言い出したのは己だというのに、まるで何もかも他人のせいだと言わんばかりの言いぐさだった。

「不服そうだな。何か文句でもあるのか」

どうやら顔に出てしまったらしい。播磨は無言を返す。

「……お菊はどうしている」

心を落ち着けるためか深呼吸をし、小次郎が言った。

「逃げ出さぬよう、女中部屋に閉じ込めておりますが……」

「あの女、絶対に何か隠している。適当な理由をつけて締め上げろ」

「しかし……」

「お主がやらぬなら、拙者がやるが」

眉間に皺を寄せ、上唇を舐めながら小次郎が言う。

できるなら、それは避けたかった。

小次郎の指示で、白柄組の手下どもに寄ってたかって陵辱されるお菊の姿を思い描くと虫唾《むしず》が走る。それならいっそ己の手で折檻した方が、まだましというものだ。

お菊はしおらしい女だった。

少なくとも、ついこの間まで、播磨はそう思っていた。

たちの悪い町奴に付きまとわれていると播磨に助けを求めてきたが、まさか相手が夢乃のようなとんでもない凶状持ちだとは思いもよらなかった。

だが、お菊を見捨てる気にはなれなかった。あの女はどこか薄幸そうな雰囲気があり、守ってやりたいという男心をくすぐるところがある。

一見すると控え目で物静かだが、どこか震い付きたくなるような色気があり、実際に褥《しとね》をともにすれば肌は吸い付くようで、忘れられぬような肉付きの良い肢体の持ち主だった。腹立たしいが、夢乃市郎兵衛が、あれほどお菊に執着していた気持ちもよくわかる。

夢乃が潜伏してからは、お菊から教えられた湯屋に手下を張らせて待ち伏せていたが、うっかり人違いで、瓜二つだった兄の放駒四郎兵衛を殺してしまった。

あれも、もしかするとお菊の狙いだったのだろうか。

これについて、旗本奴の頭領である水野十郎と、町奴の頭領である幡随院長兵衛との間で手打ちにする運びとなった時、この機会に長兵衛を殺してしまおうと言い出したのは、三浦小次郎だった。

先に白柄組の下っ端が何人かやられているとはいえ、町奴の頭領格の一人であった放駒四郎兵衛が死んでいるというのに、手打ちにしようという話が、そもそもおかしかった。それだけ夢乃が、町奴の仲間内でも疎まれ、嫌われているという証左だった。

無論、身内を殺されている夢乃は黙っていないだろう。そもそも夢乃は、兄である四郎兵衛の言うこと以外は聞く耳を持たず、長兵衛が旗本奴と話をつけたところで従うわけもない。

長兵衛は白柄組や播磨からけじめを取った上で、夢乃を町奴の仲間内から排し、今後は夢乃が何か起こしても町奴とは関わりないという形にしようとしていた。

少なくとも、水野十郎に後から聞いた話では、そうなっていたようだ。

白柄組としては、けじめの取られ損で何も解決しておらず、たまったものではない。夢乃の方も同様で、何も得するところがない。むしろ事を丸く収めようとする長兵衛に不満すら持つだろう。

そこが付け入りどころだった。

水野邸からの帰りがけに長兵衛を襲って殺し、騙し討ちがあったと吹聴して町奴たちの怒りを水野十郎と大小神祇組に向ける。

当然、十郎は濡れ衣を晴らそうとするだろう。そこで浮かび上がってくるのが夢乃だ。機会を見計らって、それとなく夢乃が疑われる方向に持って行ってもいい。

そうすれば、放っておいても大小神祇組は夢乃の居場所を炙り出して始末してくれるし、町奴たちの怒りが水野十郎に向いて大小神祇組が潰されれば、旗本奴の首領格のお鉢が三浦小次郎と白柄組に回ってくる。漁夫の利を得るというやつだ。

長兵衛がいなくなれば、町奴に取り纏め役になる器を持つ者はいない。

少なくとも最初のうちは、小次郎も播磨もそう思っていた。邪魔な連中が一掃できて、江戸の旗本奴も町奴も傘下に収める手筈が整う。そんな思惑があった。今振り返れば、浅はかだった。

蓋を開けてみれば、水野十郎も町奴たちも思っていたより冷静で動こうとせず、結局、夢乃は白柄組が始末をつけることになった。

小次郎が女形の美代次に肩入れするような余計な真似をして、鶺鴒組とも事を構えるに至っている。

一方の水野十郎と大小神祇組も、明らかに白柄組を疑い始めている。いつ己たちの策略が明るみに出るか、怯えているような有り様だった。

このままでは白柄組は、町奴からも旗本奴からも狙われることになる。

三浦小次郎の屋敷を出ると、播磨はとぼとぼと自邸に向かって歩き始めた。

供もなく、すでに日も暮れていた。夢乃が死んで、びくびくしながら往来を歩く必要はなくなったが、状況は以前よりも確実に悪くなっている。

中間長屋の裏手で夢乃と斬り合いになる直前に見た、お菊のもう一つの顔が、播磨の脳裏に思い出される。

疑う余地はなかった。お菊は、夢乃と播磨の前で違う顔を使い分け、それぞれが相手を強く憎むよう仕向けていたとしか思えない。夢乃は無理やり播磨にお菊を奪われたと思い込み、また播磨もお菊が夢乃に酷い仕打ちを受け、逃れたがっているものだと信じて疑わなかった。

だが何故、お菊はそんな真似をしたのだ。

自邸に戻り、裏木戸を潜ると、播磨は本宅の一角にある女中部屋に向かった。

お菊に一人で使わせていた部屋だ。今は逃げ出さぬよう、青山家に仕える白柄組の手下に表を、身の回りは女中頭に見張らせているが、今のところお菊は大人しくしている。

逃げ出したところで身寄りもなく、行く当てがないのかもしれない。青山家に女中奉公に入る時、お菊は自分は平塚宿の宿役人の娘だと言っていたが、それが本当なのかも疑わしかった。

「お菊」

少しばかりの決意をもって、播磨はお菊のいる部屋の障子を開いた。

ちんまりと床の上に端座していたお菊が、顔を上げて播磨を見つめる。

「お主にいろいろと聞きたいことがある」

「堪忍してくれとは言いません」

お菊はたちまち、目にいっぱいの涙を浮かべた。

「それに、許してもらえるとも思っておりません。夢乃が私を連れ出しに来ると聞かされて、私はすっかり怖じ気づいてしまいました。もう夢乃からは逃げられぬ、これ以上、お慕いする播磨様に迷惑が掛かってはと、私は……」

「言い訳は後で聞く」

小刻みに体を震わせて、涙を堪えているお菊の姿を見ているうちに、また気持ちが揺らいでくるのを感じ、播磨は低くそう口にした。

今のお菊が何を言おうが、播磨は己の耳ではっきりと聞いているのだ。

さっさと屋敷から逃げようとしていた夢乃に、播磨を斬らせようと焚き付けていたのは、このお菊の方なのだ。

「付いてまいれ」

妙な情が浮かんでくる前に、播磨はそう言った。

「はい……」

しおらしい声を出し、お菊が立ち上がる。

播磨が歩き出すと、殆ど足音も立てぬような摺り足で、お菊はぴったりと後ろから付いてくる。女中たちが忙しく立ち働いている台所に着くと、播磨は棚から桐の箱を取り出した。

板の間にお菊を座らせ、それに対峙するように播磨も座る。

台所の土間では、女中たちが手を止めて二人の様子をじっと窺っている。

「これは当家の家宝の皿だ」

箱の紐を解いて蓋を開くと、播磨はそう言った。

「十枚で一揃いになっている。取り出して数えてみてくれ」

お菊は戸惑った表情を見せたが、播磨が何も言わずにじっと見ているので、仕方なくといった様子で箱から皿を取り出した。

高麗焼の、柄の入っていない青磁の皿で、一枚一枚、丁寧に紙で包み、箱の中に重ねて仕舞ってあった。

「包みを開いて、中を改めよ」

どうしたら良いかわからぬのか、お菊が顔を上げて播磨を見つめてくるので、そう指示した。

「一枚……二枚……」

紙を広げ、重ねて置きながら、お菊が皿を数える。

「八枚……九枚……」

お菊がそこまで数え、最後の一枚を手にしたところで、播磨はお菊が手にしている皿を、強く拳で叩き付けた。

「あっ」

不意のことに、お菊が十枚目の皿を取り落とし、床に当たって真ん中から二つに割れた。

「……お菊、わざと大事な皿を割ったな？」

「そんな……播磨様がいきなり」

「言い逃れするか」

呆然としているお菊の細い手首を握り、播磨はそれを捻り上げる。

「うう……っ」

お菊が苦悶の声を上げた。

「お主らも見ていたであろう！」

遠巻きに見ていた女中たちに向かって、播磨は恫喝するように声を張り上げた。

「この女、家宝の皿を割った挙げ句、その失態を主である拙者のせいにしてとぼけようとした。厳しく折檻せねばならぬ。何か言いたいことがある者はいるか」

土間でひと塊に集まった女中たちは、青い顔をして頭を横に振る。

「よし、では今から、何故にわざと皿を割り、それを誤魔化そうとしたのか、詮索するとしよう。来い！」

播磨はお菊の腕を捻り上げたまま無理やりに立たせ、引き摺るように土間に下りると、足袋跣《たびはだし》のまま勝手口から表に出た。

「い、痛い、痛い。腕が折れてしまいます」

お菊の言葉は大袈裟ではなく、肘から先があらぬ方向に曲がっている。体の柔らかい女でなければ、とっくに肘が外れるか折れるかしているだろう。

思わず播磨は腕を放したが、すぐに考え直してお菊の頭を鷲摑みにした。結われていた髪が解け、お菊が髪に挿していた笄《こうがい》が足下に落ちる。それはいつぞや、播磨がお菊に買ってやったものだった。

お菊を心から好いていたからこそ、裏切られた播磨は鬼になれた。乱れたお菊の長い黒髪を摑んだまま、中間長屋へと引き摺って行く。

「誰かいるか！　縄と明かりを持ってこい」

中間長屋の土間に入り込んだ播磨は奥に向かってそう叫んだ。

真っ先に出てきたのは、例の鼻を削がれた中間だった。

嫌がるお菊の髪を摑んで仁王立ちしている播磨の姿に、一瞬、怯《ひる》む様子を見せたが、やがて慌てて他の者たちを呼びに行った。

その間に土間床にお菊を引き倒すと、播磨は無理やりお菊の着ているものを剝ぎ取り、腰巻き一枚の姿にした。青筋が透けるような白い肌と、豊かな乳房が顕わになる。

中間長屋に住まう白柄組の手下たちが集まってくると、播磨は縄を受け取ってお菊の背に馬乗りになり、後ろ手に縛り上げた。お菊は殆ど抵抗しない。

手下の一人に命じて表から水を汲んで来させ、播磨は土間に転がっているお菊に向かって桶の中の冷水を浴びせた。寒さから、たちまちお菊の肌に無数の粟《あわ》が立つ。

「しおらしいふりをしおって、一体何が目当てだ」

お菊の髪の毛を摑んで顔を上げ、自分の方を向かせる。

「堪忍してください、播磨様」

苦悶の表情を浮かべたお菊が、必死に訴えてくる。

思わず播磨は折檻の手を緩めそうになったが、強く頭を横に振った。

騙されては駄目だ。この女はおそらく、このように弱々しさを武器にして、夢乃や播磨に言うことを聞かせていたのだ。

「正体を現せ、女狐め。吊してやる」

播磨はそう言うと、後ろ手に縛ったままのお菊を、さらに高手小手に縛り上げた。

手下たちに手伝わせ、数人掛かりで梁に回した縄で天井に吊す。ちょうどお菊の膝の辺りが、播磨の目線にくるような高さだ。

持って来させた燭台《しょくだい》の蠟燭《ろうそく》に火を点け、それを掲げて見上げると、体には自重で縄が深く食い込み、お菊はきつく目を閉じて、下唇を噛んで堪えている。

その姿は、どこか巨大な蝶の蛹《さなぎ》を思わせた。

「何かあったらまた呼ぶ。部屋に戻っていろ」

周りを囲み、同じようにお菊の肢体を見上げている手下どもに、播磨は鋭く言い放つ。梁から下ろす時にまた手伝いがいるが、今はお菊と二人きりになりたかった。

「拙者がやらなければ、代わりに小次郎が折檻を行うことになる。そうなると叩いたり吊したりだけでは済まなくなるぞ。許せ」

小次郎自身は衆道を好むが、それだけに女に対しては残忍なところがあった。おそらく、まずはどこかに軟禁されて、お菊は代わる代わる何日も白柄組の手下どもの慰みものにされるだろう。

一度は好いた女だ。いくら何でもそんなことは避けたかった。聞けることを聞き出したら、小次郎に引き渡す前に己の手で斬り捨ててやりたい。それがせめてもの慈悲だ。

お願いだから意地は張ってくれるな。そう思いながら、播磨は土間の隅に立て掛けられていた庭掃除用の竹箒《たけぼうき》を握った。

そして通常とは上下逆さまに、箒になっている方を摑み、柄の先端の方をお菊に向けると、竹筒の部分で力任せにお菊の尻を打擲《ちょうちゃく》した。

「ううっ」

濡れて肌に貼り付いた腰巻きに、竹筒が当たる甲高い音が土間に鳴り響く、お菊が太腿を擦り合わせて身を捩《よじ》る。

続けて二度、三度と播磨はお菊の尻を打った。あまりに強く打ったために、早くも竹の節と節の間に亀裂が入り、割れている。

その痛さに堪えかねたのか、お菊がぽろぽろと涙を零し始めた。目から溢れ出した涙が顎の先端から滴って、その雫が播磨の顔に落ちた。舌先で舐め取ってみると、それは微かに塩の味がした。

「拙者を斬るように夢乃をけしかけたのは何故だ」

確かに、お菊は青山邸に忍び込んで来た夢乃を煽り、そうさせようとしていた。

お菊が黙っているので、さらに播磨はお菊の太腿を前から強く竹箒の柄で叩き付ける。

「いっ」

お菊が短く声を上げた。

「湯女風呂に夢乃が現れるかもしれぬと拙者に教えたのも、お前だったな。あれはわざと拙者に、人違いで放駒四郎兵衛を襲わせるつもりだったのではないか」

「違う……」

播磨は先ほどとは反対の太腿を叩き付けた。

お菊が口を閉ざしてしまったので、播磨は無言で何度も何度もお菊の下半身を竹箒で叩き続ける。その音だけが、蠟燭の炎に照らされた暗い土間に黙々と鳴り響く。

やがて額に汗が浮かんできた。このまま意地を張られては、次は刀で嬲り斬りにでもするより他なくなる。

いや、或いはこれは本当にただの誤解で、お菊には何も腹に一物などないのではないか……。

播磨がそう思い始めた時だった。

「父上……母上……それに兄上……許して下さい。菊はもう……」

打ち据えられた時だけ短く呻くのみとなっていたお菊が、不意にそんな言葉を漏らし始めた。

播磨は手を止め、足下に置いてあった燭台を持つと、お菊の顔をよく見るために蠟燭の明かりを翳《かざ》した。

そして思わず狼狽え、二、三歩後退った。

お菊は笑っていた。

涙と脂汗にまみれた顔に、乱れた黒髪が貼り付いている。赤い唇の両端を吊り上げ、目を大きく見開いて、お菊は播磨を見下ろしていた。

「死ねばよかったのに」

うふふと小さく笑い、微かにお菊はそう呟いた。

「私は真壁《まかべ》源《げん》右衛《え》門《もん》の娘です。ご存じでしょう」

そう言われても、すぐには思い出せなかった。

必死になってそれが誰なのかを播磨は記憶の底から引っ張り出そうとする。表情でそれが伝わったのか、みるみるお菊の顔が引き攣《つ》り始めた。

「ええ、ええ。いちいち覚えていないでしょうよ。白柄組が開いている賭場で身を持ち崩した旗本の名前なんてね」

「ああ……」

それでやっと思い出した。

白柄組が開いていた賭場に、数年前まで入り浸っていた旗本の名だ。

誰に誘われて来るようになったのかは知らないが、真面目そうな男だった。若い時に遊んでいなかったやつほど、年を食ってから賭け事や女遊びを覚えると大はまりするというのを、体現するような身の持ち崩し方をした男だった。

身元のはっきりしている初見の客は、最初の一、二回は勝たせて帰すことにしている。どこの賭場でもやっていることだが、その源右衛門という旗本は、それですっかり賭場に入り浸るようになった。

博才がなくて大きな借金を作り、挙げ句には市井の金貸しからも相手にされなくなって、座頭金に手を出した馬鹿な野郎だ。

「いや……だが、真壁源右衛門は確か……」

借りた座頭金の利子が増えに増えて返せる当てがなくなり、座頭に寺社奉行に訴え出られるのを恥じて、無理心中で妻子を斬り殺した末に自刃したと聞いている。

真壁家はその後改易となっていた筈だ。

「夜中に兄上と二人、並んで寝ているところに、母上を斬り殺して血だらけになった父上が部屋に入ってきました」

ゆっくりと、その時の光景を思い出すような口調でお菊が言う。

「父上は眠っている兄上の喉をひと突きにして殺し、私も突き殺そうとしました。でも、私はまだ幼かったから、きっと不憫で手が出せなかったのでしょう」

言葉を失ったまま、播磨はお菊を見上げるばかりである。

「父上は私を逃がしてくれました。でも、私はすぐに金貸しの鷺ノ市の手代に捕まってしまった。私は小さかったから、周囲の者に身の上を喋ったら命はないという鷺ノ市の脅しを真に受けてしまった。まだ十歳にもなっていなかった私は、永代寺の門前にあった比丘尼宿に借金の形に売られ、その日のうちに髪を尼削ぎに切られて客を取らされたのですよ」

おそらく、夢乃が身を隠していたという比丘尼宿だろう。

「幼かった私は、もう父上に合わせる顔はないと思いました。私を逃がした後、すぐに父上が腹を召し、真壁家が改易になっていたのを知ったのは、ずっと後のことです。夢乃と出会ったのは、その比丘尼宿でした」

「客として通っていた夢乃が、お前を見初めたということか」

「私の方が夢乃を見込んだんですよ。この男なら、金貸しの鷺ノ市や、賭場を開いていた、あんたたち白柄組を皆殺しにしてくれるだろうってね」

お菊は微かに口元に笑みを浮かべる。

「比丘尼宿にいた女たちは、みんな夢乃を嫌って怖がっていたから、少し優しくしてやったら、いちころでしたよ。夢乃は中宿の主を脅して、私を身請けしてくれました。あの男は、私のお願いなら何でも聞いてくれた。鷺ノ市のやつを辻斬りで殺し、次はあんたたちの番だと思ったけれど……」

そこでお菊は悔しげに下唇を嚙む。

「夢乃はああ見えて、妙に小賢《こざか》しいところがあってね。本気であんたたち旗本奴と事を構えようっていう気がなかった。だから今度は夢乃を捨てて、あんたに言い寄ったのさ。そうすれば夢乃が嫉妬に狂って、本気で白柄組を潰しに掛かってくると思ってね」

夢乃の兄である放駒四郎兵衛を、播磨が間違えて殺すように仕向けたのも、さらに夢乃の恨みを買わせるためだったのだろう。

白柄組の頭目である三浦小次郎ではなく、播磨に近づいたのは、小次郎が衆道好みだと知っていたからか。

「さあ、殺すなら殺しなよ。あと少しだけ生きて、あんたら白柄組の連中が憐れに死んでいくのを見たかったけれど、もう私がいなくなっても手遅れさ。遠くないうちに、白柄組は江戸じゅうの町奴から付け狙われるようになるよ」

「くっ……」

播磨は腰の刀の柄を握り、それを抜いた。

お菊は観念したかのように、静かに瞼を閉じている。一気に思いを吐露したからか、その表情は穏やかだった。

両手でぐっと柄を握り、播磨はそれを閃かした。

同時に、お菊の体がどさりと土間に落ちる。

横たわったお菊が、訝しげな瞳で播磨を見上げてくる。

さらに播磨は、お菊の上半身を縛り上げている縄を切った。

お菊の白い肌には、痛々しい縄の痕が、乳房や二の腕、手首などにくっきりと浮かんでおり、捲れた腰巻きから覗く大腿は、播磨が竹箒の柄で何度も打ち付けた痕が、赤黒い痣となって何条にも浮かび上がっていた。

播磨は先ほど引き剝がした着物と腰紐と帯を、土間に横たわっているお菊に向かって放り投げる。

「何の真似？」

「さっさとこの屋敷から出て行け。そして二度と拙者に関わってくるな」

吐き捨てるようにそう言うと、播磨は刀を鞘に収めた。

「情けでも掛けたつもり？　旗本奴の連中は、どいつもこいつも苦労知らずの思い上がった甘ちゃんばかりだね。反吐《へど》が出るよ」

「出て行け！」

播磨が怒鳴りつけると、お菊はもうそれ以上は悪態をつかず、無言で着物を羽織り、ざっと腰紐と帯を締めた。

そして播磨をひと睨みすると、だらしない着こなしのまま、素足で中間長屋から出て行った。

屋敷から去ったとばかり思っていたお菊が、青山家の敷地内にある井戸に身を投げて死んでいるのが見つかったのは、その数日後だった。

水を汲むために釣瓶を使おうとしていた女中が、重くて桶を引っ張り上げられず、妙に思って人を呼び、三人掛かりで滑車を通した綱を引っ張った。

すると女の長い黒髪が桶に絡みついており、その先には溺れ死んで舌を出した生っ白いお菊の亡骸がぶら下がっていた。

牛込御門内五番町の青山家に奉公していた女中が、十枚揃いの高麗焼の青磁の皿のうちの一枚を割り、散々に当主である青山播磨から折檻を受け、それを苦にして井戸に身を投げて死んだという話は、瞬くうちに巷間に広まった。

浅草や日本橋界隈の辻では読売が出るほどの噂の的となり、身を投げたのではなく播磨が嬲り殺して井戸に捨てたのではないかとの憶測まで飛び交った。

13

「旗本屋敷に仕える美しき若女中。家宝の皿を誤って割り、血も涙もない屋敷の主に折檻を受け、それを苦にして井戸に身を投げた。ところがこれが亡霊となり、夜中に一枚、二枚と皿を数えて……」

坂道を登って飛鳥山の丘の上に出ると、月見客を当て込んで店を出している茶屋の前に人集りができていた。

「何だ、あれは」

「読売のようだな」

水野十郎の言葉に、加賀爪甲斐が言葉を返す。

読売は二人連れで、いずれも編み笠を深く被って顔を隠していた。一人が手にした紙面を読み上げながら手売りしており、扇子を手にしたもう一人が、それを仰ぎながらうろうろと周囲を見張っている。

十郎たちがそちらへと歩いて行くと、扇子を手にした方が気づき、手売りしている男の肩を叩いて逃げ出した。

どうやら武士の形《なり》をして真っ直ぐ近づいてくる十郎と加賀爪の姿を見て、取り締まりの役人か何かと勘違いしたらしい。

十五夜も近いから、風流に虫の声でも聞きながら月見酒と洒落込もうと十郎を誘ってきたのは加賀爪だった。小者や大小神祇組の手下たちをぞろぞろと引き連れてくるのも野暮なので、二人きりである。他の場所で飲んでいるらしい坂部三十郎が、後から人を連れて合流してくる手筈となっていた。

「おいっ、それを寄越せ」

買った読売を手にしている町人の一人を脅して取り上げると、加賀爪がそれを広げる。

「ふん、くだらぬ」

一瞥《いちべつ》して舌打ちまじりに呟き、半紙に刷られたそれを丸めて捨てようとした。

「拙者にも見せろ」

「怪談話の類いだぞ」

くしゃくしゃになった紙を広げ、十郎は内容を改めた。口上で旗本屋敷などと言っていたのが気になったのだ。

紙面には、井戸から現れた足のない女中の幽霊が、どういうわけか手に皿を持っているという図案が、いかにも恨めしげに描かれている。

表題には『牛込御門内五番町女幽霊之図』とあった。

「……青山播磨の屋敷があるな」

「む?」

十郎の呟きの意味がわからないのか、加賀爪が短く声を上げる。

「ここに書いてある牛込御門内五番町のことだ。巧みにぼやかして書いてあるが、どうもこれは青山家のことのようだ」

「女幽霊の出る井戸が?」

「幽霊の方はどうでもいい。女中殺しがあった場所がだ」

読売を畳んで懐に仕舞うと、再び十郎は歩き出した。

「夢乃殺しと何か関係があるのか」

「わからぬ」

だが、何か繋がりがあるような気がした。

飛鳥山の丘の上には、背の低い茅《かや》の原が広がっていた。ここに桜が植えられ、花見の名所となるのは、もっとずっと後の話だ。

黄昏時《たそがれどき》が近づき、日射しが周囲を山吹色に染めている。

割合に人も多くて賑わっていた。まだ月も出ていないうちから地面に茣蓙を敷いて場所取りをしている者や、屋台や茶屋を冷やかして歩いている者もいる。

中でもひと際賑わっている、大きな茶屋を選んで中に足を踏み入れると、加賀爪が奥に向かって声を張り上げる。

「店主はいるか。高坂藩の加賀爪甲斐と申す」

奥から店主らしき男が慌てて飛び出してきた。店の中は酔客でそこそこ混んでいる。客たちが一斉に加賀爪の方を見て眉根を寄せたが、そんなことは意も介さずに加賀爪は続けた。

「この店に座敷はあるか」

「へえ、広くはありませんが、奥の方に二間ばかり」

「では二間とも借り切った。これで足りるか」

加賀爪は懐に手を突っ込むと一両小判を取り出し、それを店の土間床に放り投げた。さすがは一万石取りの大名だと言いたいところだったが、その金遣いの荒っぽさに十郎は呆れる。

「いや、しかし……。座敷は今、二間ともお客さんが一杯で……」

「だったら全員追い出せ。少しだけ待ってやる。言っておくが拙者は気が短いぞ」

これ見よがしに腰に差した刀の位置を直すと、加賀爪は手近な縁台に、足を組んでどかっと座り込んでしまった。

店主が溜息をついて床に落ちている小判を拾い上げ、店の奥に戻って行く。

旗本奴らしいといえばらしい加賀爪の態度に、店の中にいた客たちが小声で何か囁き合っている。早くも勘定を済ませて立ち去ろうという者も何組かいたが、さすがに文句を言ってくる者はいない。

「先ほどの話の続きだが……」

加賀爪の隣に腰掛けながら、十郎は口を開く。

「町奴たちがなかなか動き出さないのは、鶺鴒組が唐犬権兵衛を抑えているためらしい」

「鶺鴒組というと、白柄組と宮地芝居の木戸を巡って一悶着あった連中か」

「ああ、そうだ」

「女形の役者が掠われて、見せしめに半殺しの目に遭ったと聞いたが……」

「そんなことはどうでもいい。その鶺鴒組の頭目と会ってみようと思っている」

「危ないのではないか」

「いや、権兵衛が暴れ出さぬよう抑えているということは、この件に関して拙者と同様、何か疑念を抱いているに違いない。こちらの知っていることを伝え、向こうの摑んでいることを聞けば、おのずと長兵衛殺しの一件の全体が浮かび上がってくるかもしれぬ」

「そう上手くいくのか」

「長兵衛殺しが白柄組の仕業だという確証が欲しい」

先日、吉原の揚屋に白柄組の三浦小次郎と青山播磨を呼び出して問い質したが、その時の様子からいって、十中八九、間違いないと十郎は睨んでいた。

だが、確たる証拠もなく制裁を加えては、旗本が旗本を襲うことになり、これは御公儀で大きな問題になりかねない。それならば長兵衛殺しの下手人を討ち取って面目を保ちたいと考えているであろう町奴の連中に引導を渡させた方がいい。

「で、鶺鴒組の頭目ってのはどんなやつなんだ。女だって噂は聞いているが」

座敷の客の説得に手間取っているのか、店主はなかなか戻って来ない。

「手下どもに調べさせたが、ようやく居所がわかった。浅草寺門前で商いをしている楊枝屋の娘らしい」

町奴たちは旗本奴と違い、町人である。やくざ者ですらない。それぞれに仕事があり、普段は市井で暮らしている。それだけに正体が掴めない相手も多かった。

「とんだ女丈夫だろう」

「いや、ところがずいぶんな綺麗どころらしい。武芸の嗜みがあるらしく、大概の男では歯が立たぬようだ」

長兵衛の葬儀に出向いた時、唐犬権兵衛や夢乃市郎兵衛ら、強面の町奴の顔役たちと一緒に、一人だけ妙に浮いた様子の小柄な娘がいたが、あれがそうだったのではないかと十郎は思っていた。

「ほう、面白いな。気の強い女は好みだ。何なら拙者が代わりに会いに行ってやろうか」

「やめておけ」

舌なめずりして言う加賀爪に、笑って十郎が答えた時、どこからか怒号が聞こえてきた。

「何だ」

加賀爪が立ち上がる。耳慣れた声だった。おそらく坂部三十郎だろう。

顔を見合わせて頷き合い、二人して表に出ると、少し先に人集りができている。駆け足でそちらに向かうと、やはり坂部だった。十七、八くらいの若い侍を供に連れており、十数人の人相の悪い連中に囲まれている。

「いきなり現れて周りを囲むとはどういう了見だ！　拙者が坂部三十郎と知ってのことなら、一人残らず叩き斬ってやるぞ！」

酒が入って酔っているのか、呂律のまわらない口調で坂部が言う。すでに刀の柄を握っており、腰を低くして、いつでも抜けるように構えていた。

その坂部の後ろを守るように背中を合わせて立っている若い侍も、青ざめた顔で同じように刀の柄を握っている。

多勢に無勢だった。この人数を相手に乱闘が始まったら、十郎と加賀爪が加勢しても分が悪い。

いよいよ町奴たちが動き出したのかと思ったが、坂部を囲んでいる連中は妙だった。

よく見ると、どいつもこいつも怪我をしている。中でも最も大柄な、力士のような体格をしている男は右腕を失っており、断端に晒しを巻いていた。

十郎よりも早く、加賀爪が刀の柄に手を掛けて前に出たのと、その連中が動いたのがほぼ同時だった。

「どうか、どうか助けてくれ」

力士風の男を始めとしたその連中が、一斉に地面に突っ伏し、坂部に向かって土下座した。

「な、何だ、何のつもりだ」

刀を抜きかけていた坂部の方が、その状況に困惑した声を上げた。

「すると、お主らは笊籬組の残党か」

呆れ声で加賀爪甲斐が口を開いた。

「俺たちは八方塞がりだ。もう頼る相手がいねえ」

茶屋の奥の座敷で、再び額を擦りつけて土下座を始めた力士風の男が、顔を上げて言った。名は桜川五郎蔵といい、笊籬組の客分だったという。

「狭い。もうちょっと隅っこに固まれ」

不機嫌そうな口調で言いながら、坂部が桜川と同様に土下座している残党の一人を蹴った。坂部が連れてきた若い侍は、この状況に居心地悪そうに盃を口に運んでいる。

頭目だった放駒四郎兵衛や、その弟である夢乃市郎兵衛が死んだ今、笊籬組はあって無きが如しだった。今は手下どもの面倒を桜川が見ているらしい。

桜川の話を聞けば聞くほどに、十郎はむかっ腹が立っていた。

夢乃や白柄組に対してではない。この笊籬組の連中にだ。

「つまり、夢乃を裏切って白柄組に売り、今度はその白柄組から付け狙われて、こちらに助けを求めてきたということか」

十郎が言おうとしていたことを、代弁するように加賀爪が言う。

「夢乃は凶状持ちだった。放駒が生きていた時は抑えてくれていたが、とてもじゃないが付いていけるようなやつじゃなかった」

言い訳めいた口調で桜川が言う。体格の割りには頬がげっそりとこけており、心労の度合いが察せられた。

「そういう物言いが気に食わぬと言っておるのだ！」

坂部が怒号を上げるとともに、手にしていた酒の入った盃を桜川に投げ付ける。

顔に飛んできたそれを、桜川が躱したのを見て、坂部が顔を真っ赤にして膳を蹴り倒しながら立ち上がった。

「よけるな、こら」

「話ができぬ。座れ」

十郎が呟く。それでも暫くの間、坂部は刃をちらつかせるように半身まで抜いて、狼狽える桜川らを睨みつけていた。

「さ、坂部殿……」

坂部が連れてきた若い侍が、宥めるように言って座らせ、ひっくり返った膳を直した。

行きがかりのせいで、すっかりこの男が何者なのかを聞くきっかけを失ってしまっていたが、ひと先ず今はいい。

桜川の話にも、一部は頷けるところもあった。

手打ちのために水野家の屋敷に現れた幡随院長兵衛も、同じようなことを言っていたからだ。町奴の間でも夢乃には手を焼いており、放駒四郎兵衛殺しの一件が落着したら、夢乃は町奴の仲間内から追い出すと言っていたからだ。

「白柄組の青山播磨と、笊籬組の夢乃市郎兵衛のいざこざの元が女絡みだというのは知っていたが、それが自死したお菊という女だったのだな?」

言いながら、十郎は加賀爪と顔を見合わせる。先ほど読売で見た、折檻を受けて旗本屋敷の井戸に身投げした女中奉公人というのは、そのお菊のことだろうか。

「それは……」

口を濁らせる桜川に、十郎は促す。

「何だ。言いたいことがあるなら言え」

「お菊が夢乃や播磨の女だったのは確かだが、自死なのかどうかは……」

「どういうことだ」

加賀爪が身を乗り出して問う。

「拷問を受けて殺され、井戸に捨てられたんじゃねえかと……」

「お主らもそれに手を貸したのか」

鋭く言い放つ十郎に、桜川が慌てた声を上げる。

「と、とんでもねえ! そんな真似をするわけがねえ」

「ふん、どうだかな」

酒を口に運びながら、坂部が声を上げる。

「話はまあ、わかった」

同じく酒を啜りながら十郎も呟く。

「そのお菊という女は、座頭の金貸しと、賭場を開いていた白柄組に恨みがあった。それで比丘尼宿の客だった夢乃に近づき、まず座頭を辻斬りさせて、次に白柄組と事を構えさせるために、わざわざ播磨に乗り換えて夢乃を挑発した。そういうことだな」

十郎の言葉に、必死になって桜川が首を縦に振る。笊籬組の連中が座頭殺しの件などを夢乃から教えられたのは、放駒四郎兵衛も幡随院長兵衛も殺され、夢乃が比丘尼宿に潜んでいた時らしい。

「長兵衛を殺したのも白柄組なのだな」

「間違いねえ。三浦小次郎が自分でそう言っていた」

加賀爪の質問に、桜川が頷いて答える。

水野家の屋敷で手打ちの話をした帰途の長兵衛を掠って殺し、どんど橋に捨てる。そして長兵衛が水野家で騙し討ちに遭ったと噂を流せば、十郎と大小神祇組は江戸中の町奴から付け狙われることになる。

身に覚えのない十郎は、必死に下手人を捜すことになる。そうすると浮上してくるのは夢乃だ。兄である放駒四郎兵衛が殺された件を話し合いで解決してしまった長兵衛に不満を持ち、凶状持ちだった夢乃が襲って殺すことは十分に考えられる。

大小神祇組が夢乃を疑って殺せば、白柄組としては一件落着。十郎はますます町奴たちから恨みを買い、いずれ大小神祇組は壊滅する。そういう筋書きだったらしい。自らの手を汚さずに夢乃を消し、十郎を失脚させるには良い手だ。

鈍そうな顔をしていて、案外、三浦小次郎は頭が回る。旗本としては小普請組の新参で禄高も自分より少ない十郎が、旗本奴たちの間では己よりも遥かに格上なのが、小次郎は気に入らなかったのかもしれない。

だが、事は小次郎の思うようにはいかなかった。あれこれと偶発的なことが謀に綻びを生じさせ、今は白柄組が自らの首を絞めているといった構図だった。

「で、夢乃から逃げるために白柄組に詫びを入れて騙して殺し、今度はその白柄組から口封じに付け狙われるようになったというわけか」

意地の悪い口調で加賀爪が言う。

「頼む。この通りだ。何でもするから、助けてくれ」

再び桜川が額を床に擦りつける。必死の様子だった。背後にいる笊籬組の残党たちも、同じように揃って頭を伏せ直した。

「泣きを入れる相手を間違えているのではないか。町奴を束ねる頭領は今はいないようだが、唐犬組の権兵衛辺りを頼るのが筋ではないのか」

訝しく思い、十郎は言う。町奴なら、町奴の組に助けを求めるべきであろう。

「無理だ。仲間を裏切って旗本奴の手先のような真似をしたと知れれば、権兵衛がこちらを許すわけがねえ」

唐犬権兵衛は、その辺りの義理には厳しい男らしい。

「自業自得ではないか」

吐き捨てるように坂部が言った。

「どうかこの通りだ。何なら大小神祇組の手先になっても……」

「どうする？」

加賀爪が十郎に判断を問う。

「信用ならぬ」

十郎がぼそりと呟くと、桜川が顔を青ざめさせた。

「今、話したのは全部本当のことだ。だから……」

「お主らの事情など、どうでもいい」

慌てて言い訳しようとする桜川に、さらに冷たく十郎は言い放った。

「大小神祇組を甘く見てもらっては困る。夢乃を裏切り、白柄組を裏切った連中が、今度はこちらを裏切らないとは思えぬ。失せるんだな、汚い野良犬どもめ」

十郎がそう言い放つと、坂部が手を叩いて笑い声を上げた。

侮辱された桜川は、暫くの間は唇を噛んで我慢していたが、やがて無言で立ち上がると、どしどしと床を強く踏み鳴らしながら座敷の外へと出て行った。笊籬組の残党たちも、慌ててその後に続く。

「二度とその面を見せるな、腰抜けどもが！」

その背中に坂部が罵声を投げ付けた。

「いいのか」

冷静な口調で加賀爪が言う。

「あのようなやつらを庇《かば》い立てしても、こちらには何の得もない。ところで……」

笊籬組の連中が出て行き、少し落ち着いたところで、不意に十郎は口を開いた。

「そいつは誰だ。挨拶がまだのようだが」

十郎がそう言うと、坂部が連れてきた若い侍が、びくりと体を震わせた。

「おう、忘れていた。挨拶が遅れたのは無粋な連中のせいだから許せ。……おい」

そう言って坂部が若い侍に促す。

「中山勘解由《かげゆ》と申します」

そう名乗った若い侍の方も、先ほどから十郎に声を掛ける機会を見計らっていたのか、ずっとそわそわしていた。十郎の方から、きっかけを与えてやったのだ。

「先手組弓頭であった中山直定殿の御嫡男で、すでに家督は継いでおる。小姓組番士で三千石取りの旗本だ」

すると、前に坂部が会わせたいと言っていた相手か。

本人は十郎を前に恐縮している様子だ。

「歳は？」

「十八でござる」

十郎が問うと、勘解由はそう答えた。見た目だけでなく実際の年齢も十郎より三つほど若い。にも拘わらず十郎と同じ禄を取り、旗本としても役付きで十郎より格上だった。

「大小神祇組に入りたいと、拙者に願い出てきたから連れてきた」

坂部がそう言うと、慌てて勘解由は床にひれ伏した。

「言っておくが……」

十郎の代わりに加賀爪が口を開く。

「家柄や役職などはどうでもいい。旗本奴の仲間内では、男伊達が格を決める」

侍としては、この中では最も格上と思われる加賀爪が言うと説得力があった。

「ふん」

十郎は短く鼻を鳴らす。

「お主、運が悪かったな」

「それはいかなる……」

面倒くさそうに十郎が呟くと、勘解由は不安げに返事をした。

「おそらく近いうちに町奴どもと大きな抗争がある。話を聞いていたなら多少は察しがつくだろうが、幡随院長兵衛が殺されて、今度ばかりは町奴たちも、なりふり構わず旗本奴を狙ってくるだろう。言うなれば戦だ。我々旗本奴は、戦国の荒武者のようなものが、本来の侍の姿だと思っている。付け届けや顔繋ぎに熱心な昨今の者たちは侍とは言えぬ。お主、人は斬れるか？　命は懸けられるか？」

「む、無論です。戦があるというなら、拙者も命懸けで……」

いきなり物騒な話をされて、狼狽えた様子で勘解由が答えた。

「おうよ！　今から胸が躍るぜ」

どういうわけか酔っ払った坂部が声を張り上げた。

「お主には聞いておらぬ」

うんざりした気分で十郎は言う。この件は、どんど橋で見た光景を十郎に教えてくれた子龍こと徳川光国にも報せねばなるまい。

己もいつかは子龍のように落ち着きどころを見つけねばならぬのだろうかと、この時、初めて十郎は考えた。

座敷の一方は、茅の原に面していた。いつの間にか月も出ている。

その茅の原を照らす柔らかな明かりや、虫たちの鳴き声が聞こえてきても、とても十郎は風流な気分には浸れなかった。

14

「これは……？」

半紙に刷られた読売に目を落としていた佐々木累が、顔を上げてお吟に問い掛けてくる。

「読売ですよ、先生。昨日、浅草寺の門前で買ったんです」

普段はそんなものを買うことは滅多にないのだが、虫が知らせてお吟も一部、手に入れたのだ。

浅草聖天町にある累の道場は相変わらず人もおらず、閑古鳥が鳴いている。

「これがどうしたというのだ」

相変わらず何を考えているかわからぬ無表情で、眉一つ動かさずに累が言う。

その読売は絵入りで、『牛込御門内五番町女幽霊之図』と書いてあった。

番町のさる旗本屋敷で、若い女中が十枚揃いの家宝の皿を誤って一枚割り、屋敷の主から折檻を受け、それを苦にして井戸に身を投げて死んだとある。

後半は怪談めいていて、それ以来、夜も更けると女中の幽霊が井戸から現れ、一枚二枚と皿を数える声が、屋敷じゅうに響き渡ると書かれていた。

「あまり詳しく書いてませんけどね、その噂話の出所、どうやら青山播磨の屋敷のようなんですよ」

「青山播磨？」

「白柄組の旗本です」

「すると、お主ら鶺鴒組が、最近、揉めているとかいう相手か」

お吟が女だてらに町奴の組を率いていることを、累はあまり快く思っていない。

「井戸に身を投げて死んだっていうその女中、お菊という名だそうですよ」

「そうか」

短く答え、累は手にしている読売を、女幽霊の絵を伏せるようにして道場の床の上に置いた。

「名前に覚えは？」

お吟が問うと、累は表情を変えぬまま、腕組みしてほんの少しだけ首を傾げた。

「先生、前に私がこの道場に来た時、仇討ちのために入門しようとした娘がいたって話をしていましたよね。旗本の娘で、父が賭博で借金を作り、座頭金に手を出したって……」

「ああ」

思い出したのか、累が頷いた。

「その娘の名、思い出せませんか」

「む……」

小さく呻き、累が呟いた。

「確か、お菊……」

「やっぱり」

お吟が頷く。

「先生、もうちょっとで思い出せそうって様子だったから、名前さえ聞けば覚えがあると思ったんですよ」

「その殺された女中が、この道場に入門しようとしていた娘だというのか」

「ええ」

読売の紙面がよく見えるよう、床に伏せられていたそれをお吟が表に返す。

「……夢乃市郎兵衛が神田川に浮かんだって話はしましたっけ」

「いや……誰だ、それは」

「ああ、そうだった。先生が知るわけないか」

累は旗本奴と町奴の抗争とは無関係である。

「では、どんど橋で座頭の金貸しが辻斬りに遭ったっていう話は？」

「それも知らぬが、もしかして……」

「お菊がやったんですよ。いや、自分の手で殺したわけじゃなく、その夢乃っていう男にやらせたんです」

この道場に現れた娘が、仇討ちのために殺そうとしていたのは、座頭の金貸しだった。

「最初は自分の手でやるつもりで、この道場に入門を請いに来た。でも、断られて一計を案じた。そんなところでしょう。薬が効きすぎたんでしょうね」

累は仇討ちを諦めさせるために娘を滅多打ちにして追い返したというが、そのために却って、自分ではやらずに男にやらせるという、歪んだ仇討ちの方法をお菊は選んでしまったようだ。

「そのお菊が、どうして旗本の屋敷で井戸に身を投げたのだ」

「身を投げたんじゃなくて、言いがかりを付けられて殺され、井戸に捨てられたって近隣じゃ噂になってるそうですよ」

それは朝から鶺鴒組の手下どもに青山家の屋敷の周辺を探らせて拾ってきた話だった。

「詳しい経緯は後で話しますけど、そっちの方がありそうな話でね。旗本屋敷の中で何が起こったって、町奉行は踏み込めません。家宝の皿を割ったのを咎められて、それを苦にして身を投げたなんて書いてあるけど、本当だかどうだか……」

「なるほどな」

累が床に置かれた読売を、再び裏にして伏せる。

「お菊の父が借金を背負うはめになったのは、どうやら白柄組が開いていた賭場のせいだって話なんです。播磨が夢乃から恨みを買うよう仕向けるため、お菊は播磨の女になって女中奉公していたようなんですよ」

「愚かな……」

累がゆっくりと頭を横に振る。

「そんな執念深い女じゃあ、死んでも死にきれずに幽霊になって化けて出ても不思議じゃない……」

お吟がそう言いかけた時だった。

開け放たれた道場の入口から、不意に一匹の大きなこがね虫が、羽音を立てて道場の中に飛び込んできた。

びくりと累の体が震え、同時に腰に差した刀の鯉口を切りながら振り向く。

「えっ？」

お吟が声を上げた時には、累は居合いの如く一度抜いた刀を既に鞘に戻しているところだった。

こがね虫が、飛んできた勢いのまま弧を描いて床に落ち、そこで真っ二つになった。あまりの早業に斬られたことにも気づいていないのか、二つになったまま脚を蠢かしている。

「ふう……脅かしおって……」

見ると、累の顔は冷や汗でびっしょりと濡れている。

「どうしたんですか、先生」

先ほどから、どうも累の様子はおかしい。

「……何でもない」

「わっ」

試しにお吟が脅かすように声を上げると、累はまた体をびくりと震わせて刀の柄を握り、勢いで半分ほど抜きかけた。

「あのう……もしかして……」

恐る恐るお吟は声を出す。

「……先生、幽霊話は苦手？」

「うるさい」

表情を殆ど変えたことのない累が、微かに眉を動かした。

お吟は床の上に伏せられている読売を見る。さっきから何度もさりげなく絵を下にして置き直していたのは、幽霊の絵が目に入るのが怖かったからか。

「たぶん幽霊は刀じゃ斬れませんよ」

「む……」

低く唸り、累が顔を青ざめさせる。

「……この道場も、夜になると出るみたいだって弟子同士で噂してましたけど、知ってましたか、先生」

面白くなってきたので、さらにお吟は適当なことを言って、手を胸の前でぶらんとさせて累をからかう。累にこんな弱点があるとは思いもよらなかった。

「口から出任せを……」

歯軋《はぎし》りをしながら累が言う。

「弟子入りしたいってのを無下に追い返してしまいましたからねえ……。ここにも出るかもしれませんよ、お菊の幽霊が」

「ぬう……」

「いちまーい……にまーい……なんてね。恨めしや、お累……いひひひ」

累は目を細めて眉間に縦皺を寄せ、唇を噛んでいる。体は微かに震えており、顔から噴き出した冷や汗が、顎を伝って床にぽたりぽたりと滴っていた。

累との付き合いは長いが、貼り付いたような無表情がここまで崩れたのは見たことがない。

「ほら出た！」

だめ押しに、お吟は床に伏せてある読売を両手で摑むと、幽霊の絵が描かれている方を累に向けて広げた。

同時に白刃が閃き、ばさっと読売の紙を真っ二つに切り裂く。

「ふおっ」

お吟の目の先一寸ばかりを、鋭い切っ先が風圧とともに通り過ぎるのが見えた。

「……その辺にしておけよ、お吟」

冗談が通じなくなっている口調だった。

少々やり過ぎたか。

「また出直します」

お吟は慌てて立ち上がる。かつて仇討ちのために道場に現れた娘が、お菊だと確かめられただけで今日のところは十分だ。

「お吟っ、その読売も持って行かぬか」

「先生に差し上げます。夜に一人寝するのが怖かったら、楊枝屋まで呼びに来てくれれば、お泊まりしに来てあげますよ」

殺気を感じて、咄嗟にお吟は体を伏せた。

大きな音を立てて小柄が柱に突き刺さる。よけるのが遅かったら確実にお吟の眉間を貫いていたような勢いだ。

「では先生、また」

いよいよまずいと感じ、お吟は逃げるように道場から飛び出した。

15

——やばい。

千鳥足で飛鳥山から裏三番町の自邸まで戻ってきた水野十郎は、暗い中、門前に立つ女の姿を見て、一気に酔いが醒めてしまった。

袖を襷掛けにして籠手《こて》を着け、額には鉢金を巻いて、稽古用の赤樫の薙刀を手にしている。十郎の母であるお萬の方だった。

月明かりだけでもわかるほど目は血走っており、仁王立ちしてぎりぎりと下唇を嚙んでいる。

帰りの遅い十郎を待ち伏せているのは明らかだった。

曲がり角から、ちらりとそれを見かけてしまった十郎は、慌てて手近にあった天水桶の陰に身を隠し、どうするべきか思案を練った。

これでは柄の悪い町奴たち十数人にでも待ち伏せされていた方が、遥かにましだ。小普請入りしたのはいいが、十郎は組頭のところに顔を見せに行く他は、これといった仕事もなく、殆ど家でごろごろしているか、今日のように悪友たちとつるんでいるだけである。

父である水野出雲守成貞の容体も日に日に悪くなっており、屋敷は十郎にとって居心地の良い場所ではなくなってきていた。

さて、正面から入るのはまずい。こっそり裏口から忍び込んだとしても、屋敷の中で見つかっては同じだ。お萬の方が諦めて寝静まる深夜か、朝まで待って戻るしかないが、その場合、怒りは鎮まっているか、増しているか……。

何か良い知恵はないか、何か。

「隠れてんじゃねえ！」

必死になって十郎が考えている時、不意に叫び声が聞こえ、積んであった手桶が、音を立てて十郎の頭に崩れ落ちてきた。

「か、勘弁っ、ご勘弁をっ！」

どうやら十郎の気配を察したお萬の方が、一気に走り込んできて跳び蹴りをかましたらしい。

お萬の方相手に腰の物を抜くわけにもいかず、十郎は転がった桶を拾って把手を握ると、次から次へと繰り出されてくるお萬の方の薙刀の猛攻を受けた。

木と木が当たって打ち鳴らされる軽快な音が、夜の帳《とばり》が下りた裏三番町に鳴り響く。まるで祭り囃《ばや》子《し》のようだが、受けている十郎は必死だった。

お萬の方の薙刀の一撃一撃は、その小柄な体から繰り出されているとは思えぬほど当たりが強く、たちまち桶が二、三個、箍《たが》が外れてばらばらになった。

「うっ」

防戦一方となった十郎の鳩尾に、突き上げるような一撃がめり込む。

「稽古用の薙刀で良かったねえ！　刃物が付いてたら、あんた死んでるよ！」

甲高いお萬の方の声が響き渡る。母子喧嘩はいつものことなので、暴れているのがお萬の方だとわかると、近隣の者は様子を見に出て来ようともしない。

胃の中のものが込み上げ、口を手で押さえてその場に蹲った十郎の肩といわず背中といわず、薙刀が容赦なく打ち下ろされた。

「誰じゃ！」

その猛攻が不意に止まり、お萬の方が息を切らしながら声を張り上げた。

十郎も蹲ったまま辺りの様子を見る。

道端に散らばった桶と、その残骸。

月明かりに照らされた往来には、手にした長ドスを閃かせた、笊籬組の残党たちの姿があった。金棒を持った桜川の姿もある。

ほんの何刻か前に飛鳥山で顔を合わせたばかりだが、ずっと後を尾けてきたのか、それとも水野家の屋敷の界隈に先回りして、身を潜めて待ち伏せでもしていたか。

人影は十数人ほどだったが、明らかに戸惑った空気が流れていた。

寄ってたかって十郎を襲おうとしていたところが、わけのわからぬ小柄な女が飛び出してきて十郎を滅多打ちにし始めたので、出そびれてしまったというところだろう。

「誰じゃと聞いておるのじゃ！」

状況をややこしくした張本人が、再び声を張り上げる。

「こうなってはもう、十郎、お前を殺すしかない」

お萬の方を無視して、桜川が低い声を出した。

「巷間では、長兵衛殺しはお前の仕業だと未だに思われている。真実が明らかになる前にお前を殺せば権兵衛の面目も立つし、白柄組も無闇に波風を立てようとはしないだろう」

「本当にそう思うか？　浅知恵だな」

口元を拭いながら十郎は立ち上がる。誠に格好のつかぬこと、この上ない。

どうやら、そのような行動に出ざるを得ないほど、桜川たちを追い詰めてしまったようだ。

「お主らは誰じゃと聞いておるのじゃ！　誰か返事せい！」

空気を読まず、仔犬のようにきゃんきゃんとした口調で、十郎と桜川の会話にお萬の方が割り込んでくる。

「お願いだから母上は黙っていてくれ」

「殺すとか言っているが、十郎、この者たちは、お前の仲間か」

お萬の方にとっては、旗本奴も町奴も同じようにしか見えないらしい。

「いや、違う」

「母上だと……？」

桜川たちの間に、さらに困惑した空気が流れる。お萬の方は十六で十郎を産んでいるので、まだ齢は三十半ば。この暗がりではもっと若く見える。

お萬の方と一緒にいるところを襲われたのはまずかった。いかに強いとはいっても、所詮は姫育ちの習い事程度の薙刀の腕前である。この人数相手では守り切れぬ。

そう思っていた。

だが、お萬の方は、ここにいる誰よりも血の気が多かった。

「じゃあ、返り討ちにしていいのだな」

言うと同時に、薙刀を強かに打ち下ろす音が響いた。

慌てて十郎が振り向くと、木刀の薙刀で額をかち割られた笊籬組の残党が、頭から血を噴き出しながら倒れるところだった。

それを合図に、笊籬組の残党たちが一斉に襲い掛かって来た。

何とか刃を交えずにやり過ごす方法を十郎は模索していたが、守らなければと思っていた張本人が始めてしまったのでは抜くしかない。

桜川を相手に定め、十郎は走り込む。

それに気づいた桜川が、左手に摑んだ金棒を振り下ろしてくる。

こんなものを受け太刀したら一発で刀が折れる。半身をずらして十郎がそれをよけると、片腕で振り下ろしたとは思えないほどの力で、その先端が地面を凹ませた。

十郎は、失われている桜川の右腕の腋の下を狙って突きを入れる。急所となっているところだ。

だが桜川は、肘までしかない右腕の断端で、繰り出された十郎の一撃を叩き払って軌道を逸らした。

続けて桜川は、相撲の蹴手繰《けたぐ》りの要領で十郎の内くるぶしを狙って蹴りを放ってきた。

立ち合いの勢いを止められた十郎に向かって、背丈で一尺は上回る桜川が、大きく頭を振りかぶって、打ち下ろすような頭突きをかましてきた。

怯まず十郎も頭突きでかち上げる。月代の剃り上げられた額と額がぶつかり合い、頭蓋骨が揺れて膝にまで振動が走った。崩れ落ちそうになるのを、十郎は何とか踏ん張る。

ぶちかましの頭突きを、逆に下から合わせてかち上げられ、桜川の方の衝撃も大きかった。半歩ほど後退り、先端のない右腕が動く。咄嗟に十郎を喉輪か何かで絞め上げようと思ったのかもしれないが、生憎、肘から先のない腕は虚しく宙を動くだけだった。

頭の中はまだぐらついていたが、十郎は刀を握り直し、喉笛目掛けて突きを繰り出そうとした。だが、桜川が左手に握った金棒を横薙ぎに振り回してきたので諦め、身を屈めてそれをよける。髷に触れようかというところを、風切り音を立てて太さ二寸ばかりの金棒が通り過ぎて行く。

その時、背後でお萬の方の張り上げる声が聞こえた。

「刃物が付いてなくて良かったねえ！　稽古用の薙刀じゃなかったら、あんたらもう死んでるよ」

続けて何かを激しく叩き付ける音と呻き声。

「稽古が足りぬ！　こちらは新當流薙刀術免許皆伝、武辺で名の知れた旗本水野出雲守の稽古相手も長年務めた腕だ。破落戸如きに遅れは取らぬわ！」

さらに何かを滅多打ちする鈍い音、命乞いする悲痛な声、悲鳴を上げて逃げ去る足音。

「ええい、手応えのない！　もう少し骨のある者はおらぬのか」

どうやらそちらは放っておいても大丈夫そうだ。

金棒を振り抜いた桜川は、空振りしたその勢いで隙が生じた。

左腕の前腕を狙って十郎は一撃を入れる。桜川の硬く太い骨に刃が当たって止まり、小手を落とすには至らなかったが、桜川が金棒を手から放した。地面に落ちたそれを、素早く十郎は足で蹴って転がし、桜川の手が届かないようにした。

「うう……」

桜川が膝を突く。左腕まで怪我させられ封じられては、もはや勝負はあったも同然だった。

振り向くと、道端には笊籬組の残党たちが、死屍累々といった様子で地面に這いつくばり、苦悶の声を上げている。

十郎が桜川を相手にしている短い間に、お萬の方は一人で残りの者を片付けてしまったらしい。倒れているのは数人で、他は逃げ出してしまったようだ。

「どうした！　さっさと斬れ！」

口惜しげな様子で桜川が声を上げる。

だが十郎は刀を鞘に収めた。情けを掛けたのではなく、殺しては後が面倒になるからだ。

立ち合いの最中はそんなことを考える余裕もなかったが、ただの喧嘩なら、内々に収められる。

やがて桜川は、両膝を地面に突いたまま、どうにもならぬといった様子で、涙を流し始めた。


「先ほどの破落戸たちは、屋敷内で手当てを受けさせています」

お萬の方が、そう言いながら十郎のいる部屋に入ってきたのは、門前で襲われてから一刻ほど経った頃だった。

「十郎を殺そうなどと愚かなことを考えるのはよしなさいと、こってりと油を絞ってきました」

さらりとお萬の方は言うが、むしろ十郎は桜川たちに同情した。一刻もの間、生きているのが嫌になるほどのお萬の方の厳しい説教を受けていたということだ。

一方の十郎はその間、謹慎と称して端座して待つように言われていた。もはや足は痺れを通り越して感覚もなくなっており、指先は冷たくなっているが、お萬の方の目を盗んでこっそりと足を崩すような恐ろしい真似はできない。

怪我をした桜川と笊籬組の残党たちを屋敷に担ぎ込んだのは、お萬の方が近隣への世間体を気にしたからである。

「話せばわかってくれる良い子たちばかりでした」

お萬の方が口にした言葉に、何故か十郎の背筋がぞっと粟立った。

「襲うに至った経緯も聞きましたが、十郎、あなたも追い詰めすぎです。謝ったのですから許してやりなさい」

育ちだけは良いせいか、厳しい一方で、お萬の方には妙に人に甘くて優しい一面があった。

「白柄組という連中についても聞きました。私は旗本奴とか町奴とかいうものの事情も知りませんし、あなたたちが何に対して意地を張っているのかも、よくわかりません。ですが……」

言いながらお萬の方は、持参してきたものを端座している十郎の膝の前に丁寧に置いた。

「これは父上が使っていた大刀と羽織です。これを使うことを許します」

それには十郎も見覚えがあった。刀の拵えには茶色く毛羽立った棕櫚《しゅろ》皮が使われており、羽織は鼠地に、背中に大きな髑髏模様が描かれている。

父の水野成貞は、今でこそ病床に伏してはいるが、江戸では名の知れた傾き者だった。これは父が若い頃に好んで着ていたもので、独特の拵えも同様である。

「近く大きな出入りがあるというなら、母に遠慮せずに行ってきなさい。汚い真似をする者たちは、母も許せません」

どうやらお萬の方も、桜川たちから白柄組のやり方を聞いて、義憤に駆られたらしい。

「あなたが張ろうとしている男伊達の意地がそれならば、母は止めません。一人残らず叩きのめしてきなさい。但し、父上の名に泥を塗るような真似をしたら許しませんよ」

十郎が敵対し抗争しているのは町奴たちで、白柄組は裏切り者として制裁を加えるべき相手だから、それとこれとは別なのだが、お萬の方の頭の中では町奴も旗本奴もごっちゃになっているようだ。

それよりも、十郎は気になることがあった。

「えーと……母上」

渡された羽織と棕櫚皮の拵えの刀を手にし、困惑気味に十郎は言う。

「……これは必ず使わなければならぬのですか」

「ええ。遠慮はいりませんよ」

遠慮しているわけではなかった。

確かに、十郎が幼かった頃の、若き日の父の姿は憧れだったし、その傾きぶりにお萬の方が惚れたのも知っている。

だがこれは、いかにも古めかしかった。十年前、二十年前の流行りである。今どき髑髏模様が染め抜かれた着流しなど誰も着ない。ひと口で言うならば野暮の極みだった。

こんなものを着て出掛けて行ったら、いつの時代の悪党だよと、坂部や加賀爪は腹を抱えて笑うに決まっている。

何だその変な拵え。

今どき髑髏の図柄かよ。

うひょう、傾き者が来た。怖い怖い。

……二人の反応を思い浮かべただけで恥ずかしくなる。

「あなたもそれが似合う年頃になったのですね。父上の若い時のように、さぞや颯爽として似合うことでしょう」

昔を懐かしむように目の端に涙の玉を浮かべ、うっとりとした様子でお萬の方が言う。見た目は若くても、やはり中身は大年増だ。

勘弁してくれと十郎は思ったが、さすがに口に出して言う勇気はない。

「ところで、出入りはどこでやるのです？」

不意にお萬の方が声の調子を低くしてそう問うてきた。

「……それを聞いてどうするつもりでござる、母上」

嫌な予感がして十郎は問い返す。

「別にい？」

そっぽを向いて口笛を吹き、お萬の方は下手くそな誤魔化し方をした。

16

昨夜も殆ど眠ることができなかった。

早朝の日射しが入り込む浅草聖天町の道場の板の間に端座し、目の下に隈を浮かべた佐々木累は、目を細めてじっと小さな庭を見つめていた。

どこからか聞こえてくる、木を啄《ついば》む小刻みな音にまじった鳥の声は、こげらであろうか。

刀で斬れるのならば、恐れるようなものは何もないが、幽霊となるとそうはいかない。

これは困ったことだ。

累は歯軋りする。仇討ちのために剣を習いたいと現れたお菊を、自分は無下に追い返してしまった。お菊が累の前に祟《たた》って出てくるかもしれぬと思うと、気が気ではない。

どうするべきかと、天井を走り回る鼠の音などに怯えながら、この数日は、家中の瓦灯《かとう》や行燈を集めて一晩中明かりを絶やさぬようにした寝室で、横になって考え続けていた。

これはもう、お菊の代わりに自分が無念を晴らしてやるほか、成仏させる道はなかろう。

そう結論づけた。町奴と旗本奴の抗争に加担するのは気が進まなかったが、止むを得まい。

以前、お吟に鶺鴒組の助太刀を頼まれた時は断ったが、今度はこちらから手を貸すことを頼まなければならぬのが癪だった。

己が斬るのは青山播磨だけで十分だろう。白柄組の頭領である三浦小次郎とかいう旗本を斬るのは、町奴たちに譲った方がいい。

お菊の霊は、それで自分を許してくれるだろうか。

遠く日本橋石町の方から、時の鐘が響いてくるのが微かに聞こえてくる。

よく耳を凝らして数えると、捨て鐘が三つ鳴った後に、五つ撞《つ》いている。

もうそんな時刻かと、累は溜息をつきそうになった。

普段なら暗いうちから起き出し、明け六ツ（午前六時頃）から道場で素振りを始めるのだが、お吟のせいでこのところは明るくなるまで怖くて道場に近寄れない。

いつもは判で押したような規則正しい生活を送っているだけに、一つ狂うと却って何もかも調子がおかしくなってしまう。

朝五ツ（午前八時頃）の今時分までには道場でひと汗流し、よく冷えた井戸水に浸した手拭いを固く絞って体を清拭し、さっぱりとした気分で朝餉《あさげ》を終えている筈だったが、一日の始まりで躓《つまず》いてしまうと、何一つする気力が湧いて来なかった。

累は立ち上がると簡単に仕度をし、道場の外に出た。

足を向けた先は、浅草寺門前でお吟が看板娘を務めている楊枝屋である。

累にも意地があり、お吟に泊まりに来てくれるよう頼みに行くのは止したが、流石にこのように眠れぬ日が続くと、体が参ってしまう。

播磨を斬る決意をしたのはいいが、万全で挑まなければ、思わぬ形で返り討ちになるかもしれぬ。それは避けたい。

だが如何にして自然にさりげなくお吟にお泊まりを頼むべきか。

よい考えが浮かばぬまま、累は往来を歩いて行く。

悩ましいところだった。累に向かって平気で軽口を叩く弟子はお吟くらいのものだが、それでも今までは一応は敬意を払い、お吟は累を立てていた。これは師弟関係の危機である。弱味を見せた累に、お吟がどのような態度を取ってくるか見当もつかない。

「引ったくりだ！　誰かそいつを捕まえてくれ！」

重い足取りで観音堂への参道を歩いていた累の耳に、突如、そんな声が聞こえてきた。

見ると、道行く人たちを突き飛ばすようにしながら逃げてくる男の姿が見えた。手には奪ったものと思しき巾着の袋が握られている。それを必死になって追い掛けてくるのは、髷も白くなった老人だった。

仕方なく、逃げてくる男とのすれ違いざまに累は腰の刀を抜いた。一歩踏み出す間には、もう刀は元通り鞘に収まっている。

背後で足を縺《もつ》れさせ、派手に転ぶ音が聞こえた。

周りにいた男たちが、折り重なるようにして引ったくりを取り押さえ、少し遅れて息を切らしながら、被害に遭った老人が追い付いた。

「おい、お主……」

そのまま行こうとする累に、背後から声を掛けてくる者がいた。

「すれ違いざま、引ったくりが履いていた草鞋《わらじ》の紐だけ切ったな。見事な腕だ」

面倒に感じたので、無視して累は足も止めずに歩いて行く。

声を掛けてきた男が、累と肩を並べて歩き始めた。

「ん？」

そして訝しげな声を上げ、まじまじと累の顔を見た。

「もしや女子か？　いや、違っていたら失礼つかまつるが……」

このような手合いも、累はこれまで散々、相手にしてきた。

普段から累は、総髪を髷に結い、四つ目結の紋が入った羽織を身に着け、腰に二本差ししているから、ちょっと見には女ではなく、若い侍に見えなくもない。

「女だったら何だ」

「いや、大したものだ。お主が抜いたことすら、周りの者は気付いていないのではないか」

「あれこれと話し掛けてくるな。私はお前に興味がない」

突き放すように累は言う。

「そう申すな。佐々木累殿とお見受けするが」

累は足を止め、男を睨みつけた。見たところ武家のようだが、羽織袴をわざとだらしなく着こなしているようで、袖手して歩いている。年の頃は二十一、二といったところか。

「どうしてわかる」

「浅草界隈で……いや、江戸中を探しても、女子でそれだけの剣が振るえる者は、そうはおるまい」

おべんちゃらで言っているわけではなさそうだったが、累は面倒に感じた。

「誰だお前は」

「水野十郎左衛門と申す」

思わず累は相手の顔をじっと見つめた。

「大小神祇組の……?」

「拙者の名を知っているのか」

十郎が驚いたような表情を浮かべる。

「聞いているのは悪い評判ばかりだがな」

突き放すように言い、再び累は歩き出した。

「そうだろうな。まあ、仕方ないが……」

「付いてくるな」

歩度を合わせて後ろをぴったりと歩いてくる十郎に、吐き捨てるように累はそう言った。

「いや、行くべき方向が一緒なだけで……」

「まさか、お吟の店に行くのではあるまいな」

「累殿は、鶺鴒組のお吟とは知り合いか」

余計なことを言ったようだ。累は舌打ちする。

「そういえば、お吟は武芸の嗜みがあると聞き及んでいるが、すると累殿の……」

累は振り向くと、腰に差している刀の位置を直すふりをして、わざと刀の柄の頭で、脅すように十郎の腹を小突いた。

「お吟の店に行くのか」

「そうだが……」

「何をしに？」

「いや、相談事があるのだ。長兵衛殺しに、夢乃殺し、それに、累殿がご存じかは知らぬが、お菊という女中が殺された件で……」

思わず累はびくりと震える。

「お吟は、そのどれとも直接は関係していない」

「承知している。だが、町奴の連中に筋を通すなら、先ず第一に、お吟と話をするのが良いと……」

「お吟に手を出したら、ただでは済まさぬぞ」

「わかっている」

「女だてらになどと思っていたら……」

「いや、それはない。拙者は普段からそれで散々な目に遭っているのだ」

十郎が何のことを言っているのかわからなかったが、その言葉には妙な実感と説得力があった。

「お吟は浅草寺界隈にある楊枝屋で看板娘をしていると聞いているが、あの辺りは同じ商売の店が多いから……」

「わかった。案内してやる」

どちらにせよ、累もそちらに用事があって来たのだ。

ここで誤魔化して追い払っても、どうせすぐにお吟の店は見つかる。

「それから、気安く累殿などと呼ぶな。次に言ったら髻を落とすぞ」

「ああ、これは失礼を……佐々木殿」

十郎は肩を竦める。先に立って歩き出した累の後を、今度は軽口は叩かずに黙って付いてきた。

どうせ旗本奴など、ろくに剣の稽古もしたことがないような連中ばかりだろうと思っていたが、なかなかどうして隙がない。

一人で来ているようだから、いきなりお吟に襲い掛かったり、どこかに連れ去ろうという魂胆でもないだろう。

暫く歩くと、やがて店先に立つお吟の姿が見えてきた。

つい最近まで宮地芝居の女形にご執心で、累も何度か芝居見物に付き合わされたが、このところは飽きたのか、まめに店の手伝いをしているようだ。

「あっ、先生」

店の前に立って呼び込みをしていたお吟が、近づいてくる累に気がついた。

「心配していたんですよ。ちゃんと眠れていますか」

「無論、ぐっすりだ」

「目の下に隈ができていますよ」

読売を手に道場に来た時のような、からかい口調ではない。心から申し訳なさそうにお吟は言うが、そちらの態度の方が余計に腹が立った。

「後ろの人は……」

言い掛けて、愛想良かったお吟の表情が一瞬で変わった。黒目がぎゅっと縮まり、三白眼となる。

「……どこかで見覚えがある顔だねえ」

「小普請組旗本の水野十郎左衛門と申す。以前に一度、幡随院長兵衛殿の葬儀の際に、顔を合わせたことがあると思うが……」

「ふうん」

推し量るように、お吟はじろじろと十郎を見ている。

「私の方は覚えがないね。で、その旗本の水野様が、何で先生と一緒なのさ」

「その先で、たまたま行き合って、案内を頼んだだけだ」

「先生、本当かい？」

累は頷く。

「鶺鴒組のお吟だな？」

十郎がそう言うと、お吟は手にしている房楊枝を左右に振りながら、そっぽを向いた。

「知らないね。何だいその鶺鴒組ってのは。それにあんた、さっきから何のことを言っているのかさっぱりだよ。葬儀って誰の葬儀だい。長兵衛なんて人、私は知らないね」

飽くまでもとぼけるつもりなのか、あしらうような態度だ。

二人のやり取りを聞きながら、累は店の奥に目を向ける。

相変わらずそこでは、お吟の母が石臼で五倍子粉を挽いていた。

顔を上げたお吟の母と不意に目が合い、累が頭を下げると、お吟の母も、よそよそしく会釈を返してきた。

思えば、お吟が累の道場に通い始めたのは、躾に困ったこの母が手を引いて累の道場に連れてきたのが最初だった。厳しくしたつもりだったが、腕が立つようになったただけで、結局は不良娘に育ってしまった。

「拙者は喧嘩を売りに来たわけでも、因縁を付けにきたわけでもない」

「はんっ、じゃあ何だっていうのさ。まさか浅草で評判のうちの房楊枝を買いに来たなんて言うんじゃないだろうね」

「まあ、違うな」

苦笑いを浮かべて十郎が言う。

「あんまり口を開かないどくれ。旗本奴の口は臭くてかなわないけど、あんたらに売る房楊枝はないよ」

お吟は鼻を摘まみ、十郎を追い払うように手をひらひらと動かしている。

癪に障る言い方だ。気の短い相手なら、とっくに刀の柄に手が掛かっていてもおかしくない。

いかに無礼を働いたとはいっても、お吟のような小娘相手に刀を抜いたとあっては、巷間だけでなく旗本たちの間でも評判を落とすのは間違いない。それがわかっていて、お吟はわざと挑発しているのだろう。

そしてお吟は、肩を怒らせてそこらを歩いている旗本奴如きに、易々と斬られるようなタマではない。

並の相手なら、振り下ろされた刀をよけるだけではなく、その手首を取って捻り上げ、刀を奪った上で地面に転がすくらいのことはやってのける。衆人環視の往来でそこまでやって、恥を掻かせてやろうと考えているのに違いない。

だが、この十郎という旗本奴は、よく我慢していた。

いや、怒りを抑えているという様子でもない。柳に風と受け流すように、お吟の挑発に困ったような表情を浮かべているだけだ。

「いい気風だが、こちらの話も聞いてはもらえまいか。長兵衛殺しは、我ら大小神祇組がやったことではない」

「じゃあ誰がやったのさ」

「そちらも薄々勘付いているのではないか。白柄組の連中の仕業だ。手を引いていたのは、その白柄組の青山播磨の屋敷で働いていたお菊という女中だが……」

お吟がちらりと累の顔を見てくる。

「何か心当たりでも?」

その二人の様子を素早く察知し、十郎が問うた。

「まあね」

慎重な様子でお吟が返事をした。

「こちらの知っていることは何もかも話す。白柄組は旗本奴の配下だが、筋の通らぬことをする連中には、けじめをつけさせねばならぬ。ところで、これは数日前に飛鳥山で手に入れた読売なのだが……」

「待て」

懐から畳んだ半紙を取り出そうとする十郎を、累が制止する。

「皿を数える女幽霊の話なら、こちらも知っている。わざわざ広げるまでもない」

「そうなのか？」

十郎が言うと、お吟は頷き、それから累の方を見てもう一度頷いた。

「気が変わったよ。話を聞く」

読売の紙片を仕舞うように十郎に促しながらお吟が言った。

「付いてきな。水野家の跡取りなら金は持ってるんだろう？　お気に入りの茶屋があるんだ。そっち持ちだよ」

お吟は襷掛けにしていた紐をしゅるりと解く。

「それから、先生の方も何か用事があったのでは？」

「うむ」

累は頷き、咳払いした。

「何と言おうか……」

道場に泊まりに来てくれと言い出せず、累が口籠もっていると、お吟が十郎に聞こえぬよう、耳元に囁き掛けてきた。

「見ての通り、旗本奴の連中に身元が割れました。暫くの間、先生の道場に厄介になって、身を隠させてもらいますよ」

「そうか……ならば仕方ないな」

どうやら累のことを立ててくれたようだ。

お吟は目を細めて口元に手を当て、笑いを堪えるような仕種を見せる。

「何だ？」

十郎が訝しげな表情を浮かべる。

「何でもないよ。さ、先生も一緒に行きましょう」

そして十郎を促して、お吟が先頭に立って歩き始めた。

17

「……待った」

「またですか。これではいつまでたっても対局が終わりませんよ」

お吟との話し合いを終えた十郎が、珍しく明るいうちに裏三番町の屋敷に戻ると、お萬の方と桜川五郎蔵が、部屋で将棋を指していた。

「すまねえ。これで最後だ」

隻腕の桜川が、お萬の方に向かって片合掌し、頭を下げた。

仕方ないといった様子で、お萬の方が指した手を戻してやる。

「母上、将棋など指すのですか」

部屋に足を踏み入れながら、訝しく思って十郎はそう言った。

「先ほど覚えたばかりです。なかなか面白いものですね」

顔を上げて十郎の方を見るお萬の方の手元には、確かに懐紙に細筆で走り書きしたような、駒の動かし方を示した図があった。

どうやら桜川が乞うてお萬の方に相手をしてもらっているようだが、その桜川の方が待ったを求めているということは、盤面はお萬の方が有利ということだ。これは余程のへぼ将棋だろう。

桜川は盤面を見下ろし、片腕で顎を掻きながら唸っている。

門前で襲われて以来、桜川を始めとする笊籬組の残党たちは、水野家に居座ってしまった。まるで中間か小者のように、雑事を任されて働いている。

白柄組に付け狙われているという事情を聞いたお萬の方が心配し、身を隠させるためにそうしたのだ。

この数日は早朝に、お萬の方の指導のもと、笊籬組の連中が庭先で厳しく剣の稽古を付けられている声で、十郎は目を覚ます。

心身の鍛練により、曲がった性根を叩き直してやろうとお萬の方は考えているのかもしれないが、これでは白柄組に付け狙われていた方がましだったのではないかと、少々、十郎も笊籬組の連中には同情している。

旗本奴の頭領たる水野十郎の屋敷に、町奴たちが匿われているという妙な構図だったが、成り行きなので仕方がない。

「鶺鴒組のお吟に会ってきた」

対局している二人の傍ら、将棋盤を横から見下ろす位置に十郎は座る。

「どうでした」

桜川が次の一手を指すのを待ちながら、お萬の方が問うた。

「思っていた通り、きちんと話の通じる相手でござった。白柄組の連中の身柄を引き渡し、町奴たちの手で引導を渡させることにした」

「どういうことだ」

盤面を見て唸っていた桜川が顔を上げる。水野家の嫡男である十郎に対して、どう口を利いたら良いか、少し戸惑っている様子だ。

「長兵衛殺しに夢乃殺し、町奴の連中にしてみれば、己たちの手で落とし前を付けなければ面目が立たぬだろう。そこで……」

お吟との間で取り決めた事柄を十郎が詳しく話すと、お萬の方と桜川は顔を見合わせた。

「そうなると、笊籬組も出合わなければなりませんね」

お萬の方がそう言うと、桜川が武者震いするように体を揺すった。

「町奴たちの間での立場を挽回したければ、白柄組の手下を一人でも多く血祭りに上げることだな」

「権兵衛は承知したのか」

十郎の言葉に、桜川が声を低くして問う。

「唐犬組には、お吟から伝えてくれるよう頼んだ。権兵衛は血の気が多いようだから、拙者が行っても話し合いにはなるまい。こちらで何もかもお膳立てしてやるのだから、権兵衛も吝《やぶさ》かではないだろう」

「何人もお縄を頂戴することになるぜ」

「だろうな。だが、仲間を何人も殺されているにも拘わらず、手をこまねいて男を下げるよりも、そちらの方が良いだろう」

捕縛されても、敲《たた》きや遠島で済めばまだ良い方だろう。特に町人が旗本を手に掛ければ、打ち首獄門になるやもしれぬ。さしずめ唐犬権兵衛あたりが咎を受けるのは避けられないだろう。

「そいつはずるくないか。あんたは高見の見物を決め込むつもりか」

びくびくとお萬の方の顔色を窺いながらも、桜川が文句を付けてくる。

「五郎蔵の言う通りです。何もしないつもりですか、十郎」

お萬の方が同調してくれたからか、桜川は、ほっとしたような表情を見せた。

「いや……」

だが、十郎はゆっくりと頭を横に振った。

「この機会に、お互いに白黒を付けようと、唐犬権兵衛に伝えるよう、お吟に頼んだ」

「すると……」

「白柄組を潰した後、旗本奴と町奴の総力で当たるつもりだ。くれぐれもこのことは秘密にしてくれ。人を集めていることを白柄組の連中に嗅ぎ付けられたら、逃げられる恐れがある」

「わかりました」

どういうわけか、お萬の方が頷いた。

「いや、母上に言っているわけではないのだが……」

これはどうあっても関わってこようという魂胆であろう。

「言っておきますが、母上、拙者の後に付いて来られても困りますぞ」

母君同伴で出入りなど、みっともないを通り越して旗本奴の頭領としての沽券に関わる。

「そんなことはしません。旗本奴への加勢などいたしません」

憮然とした表情でお萬の方が答える。

ならばいったい、何を企んでいるのかと問い質したい気分だったが、やめておいた。十郎が何か言えば、その十倍百倍の言葉が津波になって押し寄せてくるに決まっているのだ。

そういえば、もう一人面倒な相手がいた。

子龍こと徳川光国が、町奴と旗本奴の動きを嗅ぎ付けているらしく、小普請組の組頭を通じて、しつこく十郎に小石川邸に顔を出すように求めてきている。

無視するわけにもいかなそうだ。何しろ子龍はまともな人間ではないし、家格も水野家とは比べものにならぬ。後になってからでは、何を言われるかわからない。

右も左も血の気の多い連中ばかりで、つくづく十郎は辟易してきた。こういう場合、人を取り纏める立場の者は、とことん損をする。

月明かりのあるうちが良かろうということと、あまり日にちを取っても白柄組に企みがばれる恐れが増えるばかりなので、決行は三日後とお吟とは取り決めていた。

「拙者は少し休むから、どうぞ続けてくれ」

十郎が立ち上がると、桜川が盤面に目を戻し、一手を指した。

「この桂馬という駒は、ここここには指せるのですよね？」

お萬の方が、手元の図と盤面を見比べながら桜川に問う。

「へえ」

桜川が返事をする。

「ではここに」

そう言ってお萬の方が指した一手を見て、桜川は一頻り唸ると、呟いた。

「……待った」


「帰って帰って！　うちの人はあんたになんか会わないんだから！」

お吟が権兵衛の住む長屋を訪ねると、出てきたのは大きなお腹を抱えて小さな男児の手を引いた、権兵衛の女房だった。

自分は浅草で楊枝屋を営んでいるお吟という者だと名乗ると、権兵衛の女房は血相を変え、両手を前に突き出して、お吟を長屋の部屋から押し出そうとした。

「大事な話があって来たんだ。仕事に出ているなら、場所を教えてくれりゃ、勝手に会いに行くけど……」

「誰が教えるもんか！　大事な話って何さ。何も話すことなんかないよ！　未練があってうちの人に会いに来たのかもしれないけど、もうあんたとは会わないって約束してくれたんだから」

何の話をしているのかさっぱりだったが、権兵衛の女房は泣いており、権兵衛そっくりに月代を剃った男児は、それを見て鼻水を垂れ流して泣き叫んでいる。

この騒ぎに、長屋に住んでいる連中が部屋から顔を出し、集まり始めていた。

「おりょうちゃん、大丈夫かい」

「浮気相手が乗り込んできたって？」

口々にそんなことを言いながら、長屋の女房連中が、お吟の周りを取り囲む。

「ちょいと待っとくれよ。いったい何を勘違いしているのか知らないけど、私しゃあんたんところの旦那になんて興味もない……」

「嘘つき！　浅草寺の辺りで何度も逢い引きしていたのは知ってるんだからね。うちの人がいくら男前だからって、横取りしようなんて酷いじゃないのさ」

ああもう面倒くさい。

心の底からお吟はげんなりする。

相手がお腹の大きい妊婦でなければ、顔の二、三発も平手で張って黙らせるところだが、そういうわけにもいかない。

何よりも、あの阿呆の権兵衛を取り合って言い争っている風にされているのが、どうにも癪だった。

だが、出直しているような暇もない。自分も早めに鶺鴒組の手下どもに出入りの覚悟を決めさせ、準備を始めなければならないのだ。

周りを囲んでいる女房連中は、手に手に箒や桶を持っており、何かあれば、一斉にお吟を袋叩きにして長屋の敷地の外に放り出そうとしているのがわかる。これは分が悪い。

そんな一触即発のところに、商売道具の入った箱を肩に担いだ権兵衛が、間抜け面で帰って来た。

「お吟じゃねえか。どうした」

そして、空気も読まずに暢気《のんき》な声を上げる。

「あんたの馬鹿あ！」

おりょうは権兵衛に向かって叫び声を上げ、男児の手を引いて長屋の中に引っ込んでしまった。中から心張り棒を使う音がする。お吟を囲んでいた女たちの矛先が、今度は権兵衛に向かった。

「な、何だ。いったい何だ」

箒で叩かれ、桶を投げ付けられて、頭を抱えてそれを躱しながら権兵衛が言う。

そんなどたばたとした光景を見ながら、お吟はいっそ、十郎との話し合いの件は権兵衛には伝えずにおいた方がいいのかもしれないと一瞬、思った。

そうすれば権兵衛は馬鹿だから、唐犬組の連中とともども、町奴と旗本奴の出入りがあることすら気づかぬうちに事が終わるだろう。

袋叩きに遭っている権兵衛を目の端に置いて、お吟は閉めきられた権兵衛の部屋の戸板を見る。

鬱陶しい女だったが、おりょうは心から権兵衛を好いているように見えた。男児もまだ幼かった。お腹にいる赤ちゃんが生まれてくる頃、権兵衛がいなくなっていたら、おりょうはどうやって生きていくのだろうか。

一方でお吟は、己の場合についても思いを馳せた。

日がな一日、長屋の部屋に籠もって房楊枝を作っている職人の父。

店先に出ている母とは、もう何年もまともに口を利いていない。

あの二人は、自分が死ぬか、捕縛されて遠島にでも処されたら、少しは悲しんでくれるだろうか。泣いてくれるだろうか。

ふと、お吟はそんなことを考えた。

18

「あのお菊とかいう女、井戸に身を投げて死んだそうだな」

酒盃を手にした三浦小次郎が、下座にいる青山播磨に声を掛けてくる。

行徳からの塩を運ぶ舟が行き交う小名木川《おなぎがわ》の南、深川にある料理茶屋の二階。

富岡八幡宮が創祀されてからまだ三十年足らずで、この頃はまだ、大川には両国橋や永代橋も架かっておらず、門前町が徐々に賑わいを見せ始めたばかりだった。

埋め立てられた付近一帯は、まだ茅の原の多い川向こうの外れといった趣である。

小次郎の傍らには女形の美代次が寄り添っており、しなだれかかるようにして酌をしていた。

鵺鴿組に掠われて散々にヤキを入れられ、小網町近くの溝板に捨てられていた時は、顔中が青黒く腫れ上がり、髪も丸坊主に剃り上げられていたらしいが、少なくとも今は、顔に傷跡らしきものは残っていない。さすがに髪の方は生えそろっていないだろうが、舞台で使う鬘《かつら》を頭に載せてうまく誤魔化している。

「家宝の皿を割った咎という建前で折檻したらしいな。夜になると、一枚二枚と皿を数える幽霊が井戸から現れるそうではないか。こんな様子か？　いちまーい、にまーい……」

おどけて言う小次郎に、座にいる白柄組の面々が、声を上げてどっと笑う。

「いやあん、小次郎様。よしてくださいな。怖くて眠れなくなります」

媚びを売るような調子で美代次が言い、膳の上に載った小鉢から細魚《さより》の鱠《なます》を箸先で摘まみ上げ、それを小次郎の口に運ぶ。

「どちらにせよ眠らせぬ。ちょうど良いではないか」

上機嫌でそう言い、小次郎は美代次の着物の裾から、股ぐらに手を割り込ませようとしたが、それを美代次がぴしゃりと手で叩いた。

「まだ宵の口です。いけませんよ」

艶やかに笑って美代次が言う。芝居の一座は廃業してしまったから、陰子のような真似をしなければ食って行けないのだろう。

「いっそのこと、丑三つ時にお主の屋敷の井戸の前に集まって、酒宴をしながら幽霊見物とでも洒落込むか？」

美代次に酌をさせながら小次郎が言った。

「しかし、あのお菊が、わが組が開いていた賭場の客の娘だったとはな。ええと、確か……」

「真壁源右衛門でござる」

一家心中にまで追い込んだというのに、小次郎は相手の名前すら覚えていないらしい。

いや、そういう播磨も、お菊の口から聞くまでは、そんな男がいたことすら忘れていたのだ。

お菊が聞いたら、さぞや無念であったろう。いっそのこと幽霊となって化けて出てきてくれた方が良かった。播磨自身も、お菊の一家を追い込んだ者の一人だが、あの中間部屋での折檻の際にお菊の本性を見てからは、どちらかといえばお菊に同情的だった。比丘尼宿に売られ、親兄弟の無念を晴らすことだけを生きる糧《かて》としてきた哀れな女。

「何もかも、あのお菊という女が悪い」

酒を飲み干しながら小次郎が言う。

「長兵衛殺しも、結局はあの女にそそのかされた夢乃の仕業だったということにしてしまえば良かろう。いち早くあの女の正体を見抜いた長兵衛が、夢乃に別れるよう忠告したが、兄の一件もあって夢乃は信じず、逆にお菊を侮辱した長兵衛を逆恨みで斬った。絵を描くならそんなところであろう」

座敷にいる十数名の手下たちを睨み、小次郎が言う。

「面倒なのは事情を知っている笊籬組の残党連中だが、どうせやつらは町奴からも、身内を売った裏切り者として相手にされまい」

「聞いたところでは、飛鳥山で水野十郎ら大小神祇組に泣きついていたようですが

「……」

座にいた白柄組の手下の一人が、笑いを堪えるようにして言う。

「それも追い払われたらしいではないか。八方塞がりだな。後はゆっくりと口封じに一人一人見つけ出して殺せばいい」

「しかし、今は桜川らがどこに隠れているのかもわからず……」

口を挟もうとした播磨を、小次郎が制す。

「焦る必要はない。ところで水野十郎のやつ、こんな辺鄙な場所に呼び出しておいて、ちっとも姿を現さないな」

十郎本人のいない場所では呼び捨てである。

階下では白柄組のさらに下っ端の連中が酒を酌み交わしており、十郎ら大小神祇組の者が姿を現したら、すぐに知らせてくる筈だった。

この料理茶屋は今夜は貸し切りで、高坂藩主である加賀爪甲斐の支払いになっている。

旗本奴の頭領たる水野十郎と、町奴たちとの間で話が纏まり、今度こそ放駒四郎兵衛、幡随院長兵衛、夢乃市郎兵衛と続いた町奴殺しは手打ちとなったということだった。

　白柄組もだいぶ被害を受けたが、その件の労《ねぎら》いで、大小神祇組ともども、ひとつ派手に宴席を設けようという十郎からの誘いだった。

「ねえ、小次郎様」

　その耳たぶを囓るようにしながら、美代次が囁きかけている。

「旗本奴と町奴の喧嘩は、これで終わったわけじゃないんでしょう」

「もちろんだ。町奴の連中なんざ、結局は腰抜け揃いだったたってことよ。狙いは外れたが、何とか丸く収まって良かった」

「じゃあ当分、私のお願いは聞き入れてもらえないのでしょうか。小次郎様のお力で、あのお吟と鶺鴒組の連中、皆殺しにして欲しいわ」

「まあ焦るな。今すぐでは時合いが悪い。いずれ笊籬組が片付いたら、順番に潰してやる。何ならあのお吟とかいう女、掠ってきてやろうか。どうして欲しい？　お前がやられたように、ヤキを入れた後、素っ裸にして髪を剃り、往来にでも捨ててやろうか」

「それだけじゃあ気が済みません」

「ではどうしたものかな。下っ端連中の慰みものにでもして、孕ませてやるか」

小次郎が下卑た笑いを浮かべると、美代次が嬉しそうに手を叩いて嬌声を上げた。

「……十郎、何があった」

深川の埋め立て地に広がる茅の原の一角、月明かりを背にして姿を現した十郎を見て、加賀爪甲斐が目を丸くした。

「聞くな」

憮然とした口調で十郎は答える。

背中に大きな髑髏模様をあしらった鼠色の羽織、毛羽立った棕櫚皮を拵えに使った腰の大小。

息を潜めて、白柄組が集まっている料理茶屋の様子を遠巻きに窺っていた、大小神祇組の手下たちも、十郎の格好を見て、驚いたようにざわざわと囁き合っている。

「お父上の出雲守様が身に着けていたものか？　まるで昔の傾き者の如き……」

坂部三十郎も、困ったような声を上げる。

「だから聞くな」

本当はこんな出で立ちで表を歩きたくはなかったが、出掛けようとする十郎に、お萬の方が家の前で切り火を打つと言って聞かず、誤魔化しきれずにこのまま出て来た。

「意気込みを感じるな」

「うむ。覚悟が窺える」

加賀爪と坂部、二人の口調からは、困惑と同情と気遣いが感じられた。

これならばいっそ、腹を抱えて笑い出すか、馬鹿にしてくれた方が良かった。

「茶屋の様子はどうだ」

もうそこに触れて欲しくなく、誤魔化すように十郎は言う。

「まだ動きはない。それよりも、その刀の拵え……」

「お願いだからもう何も聞くな」

尚も問おうとしてくる加賀爪を制し、十郎はそう言った。

19

「おい、あいつは誰だ」

月明かりに照らされた永代島の砂州には、唐犬権兵衛の呼び掛けで、続々と江戸じゅうの町奴たちが集まってきていた。

この頃の深川は、富岡八幡宮の周辺と永代寺の門前を除けば、殆どが漁師町と茅の原ばかりだった。干潮ともなれば江戸湊の入口にあるこの辺りには砂州が現れ、人気のない荒涼とした風景となる。

「笊籬組の新しい頭目だってさ」

権兵衛の問い掛けに、傍らに立っていたお吟はそう答えた。

目立たぬよう、三々五々集まるように指示していたが、その一角には、今までどこに隠れていたのか、桜川五郎蔵と笊籬組の残党らが集まっており、拾い集めた流木で砂の上に篝火《かがりび》を焚いていた。

その笊籬組の新しい頭目とやらは、金糸の刺繍が入った豪華な打掛を羽織り、床几《しょうぎ》のようなものに腰掛けていた。着物の裾からは臑当てが覗いており、前腕には籠手を着けた小具足姿で、鞘を被せた薙刀を握っている。まるで姫武将さながらの出で立ちだ。

奇怪なのは、顔を隠している般若の面である。何やら近寄りがたい、周辺の景色が歪んで見えるような禍々《まがまが》しい雰囲気を漂わせていた。桜川が背後に回り、先ほどからずっと、必死になって片腕でその者の肩を揉みほぐしていた。

「知っているやつか？」

「さあ」

権兵衛の言葉に、お吟も首を傾げる。

江戸にいる町奴どもの顔を、一人一人覚えているわけではない。それにしても、笊籬組の頭目に納まるほどの実力を持つ者ならば、評判ぐらいは耳にしていてもおかしくなかった。

「女子のようにも見えるが……」

権兵衛が唸る。確かに、体つきも小柄だった。

「私以外に、町奴を気取っている女なんて聞いたことないよ。ねえ、先生？」

お吟はそう言って、傍らに立っている佐々木累に声を掛けた。

こちらはいつもと同じ、四つ目結の紋が入った黒縮緬の羽織姿に、後頭部の高いところで髪をひと纏めに結った姿で、気負ったところはない。瞼を薄く開き、無表情で、じっと般若面の相手を見つめている。

「女装して傾いているだけなんじゃないの」

「かもな。見てみろよあの打掛の柄」

待ちくたびれたのか、般若面は床几から立ち上がり、海に向かって薙刀の素振りを始めた。権兵衛に言われて注意して見れば、確かに打掛の背に刻まれた刺繍の柄は、髑髏に鎌である。

「うわあ……」

口を開いたまま、お吟は二の句を継げなくなった。十年前、二十年前の傾き者の如きである。見ているこちらが赤面しそうになる野暮ったさだ。

「侮るな」

不機嫌そうに呟き、累が背を向けてその場から立ち去る。

般若面の者に、何やら感ずるものがあったらしい。

「お前や佐々木殿以外に、女だてらに旗本奴と町奴の出入りに来るような跳ねっ返りは思い浮かばねえ。小兵だが、きっとお前が言うように女装の傾き者だろう」

権兵衛が言う。顔を般若面で隠しているのも、何か事情があるのに違いない。

話し声が聞こえたのか、いかつい般若面が素振りの手を止め、お吟と権兵衛の方を振り向いた。

お吟の背中がぞっと粟立つ。累とは別の威圧感だった。

幼かった頃、怖い大人に怒られたり説教されたりした時のような萎縮した気分にさせられる。妙な感覚だった。

「そ、それよりもさ、何だいその物騒な得物は」

自分から先に目を逸らし、お吟は権兵衛に話題を振る。こんなことは珍しい。

「これか？」

阿呆の権兵衛は、累やお吟のように般若面の者から何かを感じ取ったりはしていないようだ。怖いもの知らずと言われるのは、度胸があるというよりは、むしろこういうことに鈍いからだろう。

手にしている、出鱈目に釘が打ち込まれた棍棒を、権兵衛は掲げた。

「これで白柄組の連中を、片っ端からぶちのめしてやる」

「殺しちまうよ」

お吟は呆れた声を上げた。

「殺す気でやらないと、こっちがやられる」

確かに、権兵衛の言う通りかもしれない。旗本奴と町奴の抗争などとはいっても、最初から、あらゆる面で旗本奴の方が有利なのだ。

旗本にしてみても、町人を斬り殺して何のお咎めもなしとはいかないだろうが、町人が旗本を殺すのとは罪の重さが違う。

幡随院長兵衛亡き今、町奴の筆頭ともいえる唐犬権兵衛が及び腰では、他の者たちも戸惑ってしまう。ここはどうあっても、権兵衛自らが先に立って暴れなければならない。

「……この出入りが終わって命があったら、俺は足を洗うぜ」

不意に権兵衛が、呟くように言った。傍らにいるお吟にしか聞こえないような、微かな声だった。

「遠島か死罪になるかもよ。それ以前に、旗本どもに斬られて死ぬかもね」

今さら怖じ気づいたわけではないだろうが、一応、お吟はそう忠告した。

「喧嘩なら負けねえ」

「女房と子供はどうするのさ」

「仕方ねえさ。勝手に生きるだろうよ。一応、世話になっている大工の棟梁に、よろしく頼むと伝えてきた」

お吟は溜息をついた。こんなことにならないようにと立ち回ってきたが、どうにもならなかった。もっとも、自分も血気に逸《はや》って宮地芝居の木戸を巡って白柄組と揉めていたから、結局は同じだ。

砂州を見回すと、二百人ばかりの町奴たちが集まっていた。唐犬組と鶺鴒組、それに笊籬組だけでも五十人は下らない。これだけ集まると壮観だった。こんな光景は長兵衛の葬儀の時以来か。

月代に思い思いの形の剃り込みを入れた者、丸坊主、逆に総髪に伸ばしている者もいる。膝小僧まで丈を詰めた野袴や、袖や裾に針金を通して手足を動きやすくしている者が多いのは、最近の流行りだからだろう。

手にしている得物も様々だ。長ドスや道中差しが多いが、棍棒、金棒、鎌や竹槍を用意している者もいる。

「見張りが戻ってきましたぜ」

腰帯に柄の長い鉄梃《かなてこ》のようなものを挟んだ唐犬組の猪首庄五郎が、裾を絡げて走ってきた。

「どんな按配だ」

「料理茶屋に入って、もう小半刻ほど経ちます。こちらの動きに気づいている様子はありません」

「数は？」

すかさず、お吟も問う。

「合わせて五十人ほど。三浦小次郎も青山播磨もいます」

顔を合わせてお吟と権兵衛は頷き合った。

お吟は用意されている大八車の荷台に上がると、それに積まれた土俵《つちだわら》の上に立ち、集まっている町奴たちに向かって、着物の裾をさっと捲って蹴出しを覗かせ、声を張り上げた。

「おうっ、てめえら、いよいよだ」

砂州にいる町奴たちの視線が集まる。

「唐犬権兵衛の兄貴が今から言うことを、よく聞きやがれ！」

一応、権兵衛を立てるつもりでお吟はそう言い、荷台から飛び降りる。

町奴たちの、ぎらぎらとした瞳が、大八車の前に立っている権兵衛に集中する。

「おい、何て言ったらいいんだ」

急に話を振られた権兵衛が、慌てて小声で問うてくる。

「気合いの入ったことさえ言っときゃ、何だっていいんだよ」

権兵衛の勘と間の悪さに、苛々しながらお吟は小声で返す。

「あー、そうか……」

困ったように咳払いしながら、肩に釘棍棒を担いだ権兵衛が声を張り上げた。

「てめえら、気合い入れろよ！」

まんまかよ！

お吟は思わず権兵衛の顔の真ん中に裏拳を叩き込みそうになったが、我慢した。

誰が頭目で、この場を仕切っているのかはっきりさせておかないと、一丸とはなれない。

仕方なく、権兵衛の言葉を引き取ってお吟が続ける。

「長兵衛兄貴と放駒、それに夢乃の野郎の弔い合戦だ。一人でも多く白柄組の屑どもを血祭りに上げろ！」

「そ、そうだ！」

隣に立っている権兵衛が調子を合わせる。さらにお吟は声を張り上げた。

「びびってるやつはいねえだろうな！　途中で尻を捲るような恥晒しがいたら、唐犬権兵衛の兄貴が黙っていねえぞ！」

「俺も今、そう言おうと思ってたんだ！」

権兵衛が手にしていた釘棍棒を掲げてそう叫ぶと、集まっている町奴たちが呼応するように声を上げ、腕を突き上げた。

心底、お吟はげんなりする。長兵衛の葬儀の時にも思ったが、女でなけりゃ、このぼんくらどもの頭目は自分がやっているところだ。

可愛らしい花柄の帯の後ろに、交差させるようにして差した二本の短刀の柄を握り、お吟は位置を確認する。

武者震いというやつだろうか、お吟の体が、不意にぶるっと震えた。

20

「おい、騒がしいから、誰か静かにさせてこい」

盃を口に運びながら、三浦小次郎が不愉快そうに呟いた。

酒宴に誘ってきたにも拘わらず、いつまで経っても姿を現さぬ水野十郎と大小神祇組に、すっかり待ちくたびれてしまい、酔いも回ってきている。

それでも二階屋にいる白柄組の主な面々は自制しながら飲んでいたが、下っ端たちは気楽なもので、すっかり出来上がっているのか、階下からは大声で騒ぎ立てながら飲んでいる声が聞こえてくる。小次郎ならずとも、苛々するのは仕方ない。

「では拙者が」

播磨はそう言って床に置いた刀を手にし、それを杖がわりに立ち上がった。

そうでなくとも、居心地が悪かったからだ。

お菊の一件があってからは、どうも小次郎ともぎくしゃくしている。

下っ端どもを一喝するため、播磨が階段を下りた時だった。

開け放たれた店の入口の向こうから、土俵らしきものを積んだ大八車が二台、勢いよくこちらに向かって走ってくるのが見えた。轅《くびき》を引いている者はおらず、どうやら後ろから数人掛かりで押しているらしい。

そのうちの一台には、般若面に打掛を羽織り、姿勢を低くして薙刀を握っている小柄な者の姿があった。

「何だ」

播磨が口を開いた瞬間、大八車は激しく店の入口を塞ぐようにして衝突した。料理茶屋の建物全体が大きく揺れ、埃が舞い上がる。

同時に般若面が飛び上がり、受け身を取って土間で上手く一回転し、すぐに立ち上がった。

般若面はそのまま勢いよく薙刀を振って鞘を払い、背に髑髏と鎌の刺繍が入った打掛を翻して、下っ端たちが酒宴を繰り広げていた広間へと続く戸板を両足跳びで蹴り破って飛び込んで行く。

続けて土俵を乗り越えるようにして、手に手に掛矢や鳶口《とびくち》、長ドスを持った連中が、店の中へ、わらわらと乱入してきた。

般若面が消えて行った部屋の中から、阿鼻叫喚の声が聞こえてくる。

乱入してきた連中は、後続が殴り込んできやすいようにするためか、火事場の火消しのように掛矢を振り回して漆喰《しっくい》壁を崩し、鳶口で戸板や襖を引き倒し始めた。

「播磨あっ！　小次郎っ！　どこだ、こらあっ！」

同じく土俵を乗り越えて、手に金棒を握った隻腕の桜川五郎蔵が姿を現すと、突然のことに呆気に取られていた播磨も我に返った。

これは行き場を失った笊籬組の連中の殴り込みか。

一瞬、播磨はそう思った。長らく姿を隠していたようだが、どうしてこの時刻にこの場所で白柄組が集まっているのを知ったのだ。

「残念だったねえ！　今日の薙刀は刃物が付いてるよ！」

一階のどこからか、女の甲高い声が聞こえてくる。広間の方から膾のように斬られて血だらけになった白柄組の下っ端が、転がり出るように逃げてきた。

桜川が片腕一本で力任せに振り回した金棒が、転がり出てきた下っ端の横っ面を捉える。顔をひしゃげさせて下っ端は吹っ飛び、そのまま床に落ちて痙攣《けいれん》する。

二階からも、何やらどしんばたんと物音がし始めた。入り乱れた足音や怒号と同時に天井から埃が舞い落ちてくる。

「何しに来やがった、この取的《とりてき》が！」

播磨は声を限りに叫んだ。

「いたな」

桜川はそう口にして土間に唾を吐いた。そして播磨めがけて走り込み、金棒を横薙ぎに叩き付けてくる。

思わず播磨は屈んで避けようとしたが、そうするまでもなく金棒は手前にあった柱に当たって止まった。ちょうど節目の弱い部分に当たったのか、柱がみしりと音を立てて折れ曲がる。桜川が舌打ちする音。

播磨は後退って距離を取り、白い刀の柄を握った。

一階で飲んでいた下っ端たちのうちの何人かが、やっとこさ刀を抜いて、掛矢や鳶口を手にした相手と渡り合いを始めている。

桜川が、今度は金棒を打ち下ろしてきた。播磨が飛び退《の》くと、足下の床板が真っ二つに折れ、木っ端が周囲に飛び散った。

どうやら得物が長すぎて柱などが邪魔になり、思うように振り回せないらしい。

これは播磨には僥倖《ぎょうこう》だった。振りかぶって打ち下ろすのでは動きが大きいから簡単によけられる。横に振り回されたら近づくのも難しいが、これなら何とかなる。

片手で扱っているとは思えぬ馬鹿力で、連続して桜川は金棒を振り下ろしてきた。播磨が後ろに飛び退く度、次々に床に穴が空く。

やがてこれでは播磨を捕まえられぬと悟ったか、桜川は金棒を振り下ろすと見せかけて、それを手から放った。

太さ二寸、長さ六尺ばかりの金棒が、投げ槍のように真っ直ぐに飛んできて播磨の顔のすぐ横を掠め、漆喰壁に音を立てて突き刺さった。

それを躱すために崩れた体勢を播磨が立て直す間も与えず、桜川は腰を屈めて片手で仕切りの体勢を取ると、一気にぶちかましてきた。

同時に播磨も刀を抜いた。

残っていた桜川の左腕の肘から先が吹っ飛ぶのと、強かな頭突きが播磨の下顎を捕らえたのが、ほぼ同時だった。

勢いで播磨は体ごと壁まで飛ばされる。

両腕を失った桜川が、激しく上半身を揺すりながら、言葉にならぬ怒号を上げている。

「くそっ」

壁に突き刺さった金棒を手掛かりに、播磨も何とか立ち上がる。

口を閉じることができなかった。自分の顔がどのようになっているのかわからないが、おそらく桜川の頭突きで下顎の骨が割れるか、外れるかしたに違いない。開きっぱなしの口から、とめどなく涎《よだれ》が流れ落ちる。いや、涎ではなく血か。

確かめている暇はなかった。

桜川が、血の流れ落ちる左腕の断端を床に付けて、再び仕切りの体勢に入ったからだ。

だが、ぶちかましてくる桜川に一撃目ほどの速さや勢いはなく、播磨が横に飛び退いて躱すと、あっけなく漆喰壁に頭をめり込ませて動きを止めた。

止《とど》めを刺そうかと一瞬迷ったが、播磨は逃げ出すことを優先した。そんなことに手間取ってはいられない。

土俵を積んだ大八車が出入口を塞いでいたが、何とか乗り越えて播磨は表に出る。

そこではすでに乱闘が始まっていた。

一階の格子戸を破って逃げ出した下っ端と、おそらく二階の軒の庇《ひさし》から飛び降りてきた者とで、白柄組の手下たちは十数名はいたが、表で待ち伏せていた連中は、その数倍はいた。

これはどうやら笊籬組だけの仕業ではないと、漸く播磨も気がついた。

建物はすっかり囲まれていた。町奴たちが徒党を組んで、とうとう長兵衛のお礼参りに白柄組を潰しに来たか。この様子だと、裏手にも待ち伏せているに違いない。大八車を越えて店から出てきた播磨の姿に気づき、長ドスを手にした若い町奴が、怒号を上げながら播磨に突進してきた。

播磨はそれを躱し、難なく斬り捨てる。

頭はすっかり冴えていた。

これはおそらく死にどころであろう。

続けてまた、竹槍を手にした町奴が突き掛かってくる。

下から上へと刀を振り上げ、迫ってくる竹槍を中程から真っ二つに切る。続けて襲い掛かってきた町奴の肩口に斬り下ろした。

刀身が鎖骨を叩き斬る感触。肩に食い込んだ刃を抜くために、播磨は相手を足蹴にした。太い血管を断ったのか、血が一気に噴き上がる。

夢乃と対峙した時のような恐ろしさはなかった。

いや、夢乃を相手にしていたからこそ、この程度の連中が相手では何も感じない。研ぎ澄まされたような感覚があった。これが死を覚悟するということだろうか。

あっさりと二人続けて斬り伏せられ、人数で遥かに勝る町奴たちの間に、戸惑いが生じた。

さらにもう一人を狙って播磨が間を詰めようとすると、その相手は悲鳴を上げ、背中を向けて逃げ出した。

一角が崩れると、他の連中も播磨と手を合わせるのを嫌って距離を取り始めた。押されていた白柄組の下っ端たちが、好機を得たとばかりに、勢いを持ち直す。

さらに二人ほど斬り伏せた時、背後から声がした。

「青山播磨だな」

振り向くとそこには、四つ目結の紋が入った羽織を着た相手が立っていた。小柄で、総髪を後頭部の高いところで束ねている。声は女のように高かった。

いや、女か。それに佇まいからいっても町奴のようには見えない。若き武芸者のような出で立ちだ。

「もう一度聞く。青山播磨だな」

播磨は頷いた。

「その口では声が出ぬか」

ふっと口元に笑いを浮かべ、その相手は言う。

そして、ゆっくりと腰に差している刀の柄を握り、抜いた。

あまりにも自然で動きに無駄がなく、それに合わせて相手に斬り掛かることすら播磨は忘れるほどだった。

「手出し無用だ」

周囲で様子を窺っている町奴たちに向かって、よく通る澄んだ声で、その相手は言う。

「お主だけは、何としても私が斬らねばならぬ理由がある」

そして、刀の切っ先を真っ直ぐ播磨の顔の中心に向けて正眼に構えた。

「梯子をかけろっ！」

笊籬組の連中が大八車で店の中に突っ込むと、権兵衛は唐犬組の手下どもに向かって声を張り上げた。

町鳶の仕事で組方の時に使っている、屋根まで届く四間梯子が二丁、料理茶屋の庇に立て掛けられる。唐犬組の連中が慣れた身のこなしで次々に二階へと上がって行く。

正面を大八車で塞ぎ、桜川らの笊籬組が一階にいる連中を足止めしたら、その混乱に乗じて権兵衛率いる唐犬組が二階に躍り込み、逃げ場をなくした三浦小次郎たちを上と下から挟み討ちにする算段だった。

裏手にはお吟が率いる鶺鴒組が待ち構えている。こちらは裏口から逃げようとするやつを片っ端から討ち取ることになっていた。

いざ始まったら、小半刻ほどの間にケリをつけなければならない。人気《ひとけ》の少ない深川の外れとはいっても、これだけの騒ぎでは、いずれ捕り方が大挙してやってくる。少なくとも三浦小次郎と青山播磨の二人の命だけは取らなければならなかった。

釘棍棒を担いだ権兵衛が、二階の座敷へと続く庇の瓦に足を載せると、いの一番に飛び込んだ猪首庄五郎ら唐犬組の連中が、すでに座敷の中で乱闘を始めていた。

「出遅れたぜ」

舌舐めずりをしてそう独り言つと、権兵衛は釘棍棒で出鱈目に格子戸を叩き折って破壊し、座敷の中へと飛び込んだ。

乱入した唐犬組と、酒宴をしていた白柄組の旗本たちが合わせて数十人、狭い座敷の中でもみくちゃになって争っている。足下には割れた酒器や皿などが散乱していた。

「くそっ、狭え！」

この状態で釘棍棒を振り回したら、うっかりすると仲間に当たって怪我をさせてしまう。

仕方なしに権兵衛は、手近な旗本の髷を掴んで頭突きを入れたり、倒れているやつの顔を踏みつけたりしながら、目当ての小次郎か播磨の姿を探した。

下では例の般若面と桜川、笊籬組の連中が暴れ回っているのか、柱や壁、仕切りの戸板などを打ち壊す音と振動が伝わってくる。

「小次郎と播磨はどこだっ！」

そう叫んでから、自分は三浦小次郎の顔も、青山播磨の顔も知らないことに、今さらながら権兵衛は気づいた。

うっかりしていた。何でそういう肝心なことを、俺は忘れていたんだ。

「おうっ、庄五郎っ、小次郎と播磨ってのはどいつだ？」

「えっ、権兵衛の兄貴も顔を知らないんですかい」

とっ捕まえた白柄組の手下を足で押さえ付け、手にしている鉄梃のようなもので散々に殴りつけていた庄五郎が、目を丸くして答えた。

仕方ねえ。こうなったら一人残らずぶち殺せば、どれかが当たりだろう。

そう思って座敷の中を見回した時、部屋の隅に亀のように縮こまって頭を抱え、震えている者の姿が権兵衛の目に入った。

岡場所から呼び寄せた遊女か、白柄組の誰かの情婦であろうか。

酒器や皿、料理が散乱した座敷を権兵衛はそちらに向かって歩いて行く。

途中で襲い掛かってきた相手の首根っこを摑んで膝蹴りを顔に叩き込み、次に斬り掛かってきたやつの髷を摑んで、そのまま力任せに投げ飛ばした。勢い余って、頭皮ごと毟《むし》り取られるように髷がぶち切れる。

「おい、女」

手の中に残った髷と、血だらけの毛根と皮膚の残骸を一瞥して放り捨てると、権兵衛はそいつに声を掛けた。背後では唐犬組と白柄組の乱闘が続いている。

「怖がるな。旗本奴ども以外には手を出さねえ。その代わり、三浦小次郎ってのがどいつなのか教えろ」

同じ姿勢のまま震えているばかりで、そいつからの返事はなかった。

仕方なく顔を上げさせるため、権兵衛は頭を鷲掴みにして引っ張る。

「おおっ？」

ところが、髪の毛だけがずるりと丸ごと取れてしまった。

よく見ると、それは鬘のようだった。

「お前、もしかして……」

そいつの着ている女物の小袖の衿を摑み、無理やり自分の方を向かせる。

少々毛が生えたばかりの坊主頭に白粉と紅を差したその風体は異様だったが、顔には覚えがあった。

「お吟がご執心だった美代次とかいう女形じゃねえか？」

「は、はい。私は関係ありません。見逃して下さい」

がたがたと震え、目に涙を浮かべながら、美代次が答える。

「お前なんかどうでもいい。それより三浦小次郎ってのはどいつだ」

「に、逃げました」

震える声でそう言い、美代次は壊された格子戸の一角を指差す。

「ふん、腰抜けが」

それで美代次に興味をなくし、摑んでいた衿を放して突き飛ばした。

そのまま脱兎の如く、美代次は階段へと飛び込み、階下へと転げ落ちて行く。

美代次が指差していた格子戸から身を乗り出し、権兵衛は庇の上に出た。

見下ろすと、店の前では佐々木累が、白柄組の者と思しき男と一対一で対峙している。他の町奴連中は、遠巻きに囲むようにして、その様子を見ていた。

不意にがたがたと音がして、権兵衛はそちらを見た。

乗り込んできた時に立て掛けたままの四間梯子のうちの一丁が揺れている。

見ると、何者かがちょうど、二階の屋根に這い上がったところだった。

小次郎か。

おそらく、庇から飛び降りて逃げようとしたところ、すでに表を囲まれていると見て、仕方なく上へ逃げたのだろう。そのまま捕り方なり何なりが、この出入りを止めにくるまで隠れているつもりか。

上から不意に斬り付けられたりしないよう気配を窺って用心しながら、権兵衛も梯子に手を掛けて上って行き、縁から顔だけを出して屋根の上の様子を見る。

いた。

下から見つからないよう、棟のところに這いつくばり、息を潜めている大柄な男の姿があった。手足が短く、頭が大きくて首が妙に太いため、まるで大蝦蟇が屋根に張り付いているかのようだ。

「てめえが三浦小次郎か」

屋根に這い上がってきた権兵衛の姿を見て、そいつが滑稽なくらいに大きく目を見開いた。


「どうやら始まったようだな」

腕組みしたまま、水野十郎は呟いた。料理茶屋の方から怒号が聞こえてくる。

「どうする」

傍らに立つ加賀爪甲斐が、押し殺した声を出す。

「町奴の連中に、白柄組を存分に討ち取らせてからだ」

「決着なんざ、すぐに付くだろう」

気の逸った様子で坂部三十郎が言う。だいぶ飲んでいるようで、吐く息は酒臭かった。すでに抜き身の刀を手にしている。

「そうだな」

十郎は頷いた。この騒ぎだ。ぐずぐずしていると、すぐに捕り方が集まってくる。

「どうした。何を震えている」

三十郎の傍らで、緊張した面持ちで頻りに刀の位置を直している中山勘解由に向かって、十郎は言った。

「怖いなら帰ってもいいぞ」

「か、帰りません」

勘解由が答える。こいつは旗本奴には向かないのではないかと十郎は思った。

「誰も助けてはくれぬから、自分の命は自分で守れよ」

加賀爪が涼しい口調で忠告する。

「行くぞ！　町奴の連中を、根こそぎ刈り取ってやれ」

十郎がそう檄を飛ばし、先頭に立って茅の原を茶屋に向かって歩き始めた時である。遠くから近づいてくる馬蹄の音がした。

嫌な予感がして、十郎はそちらを見る。

「ははっ、間に合ったようだな」

十郎らの前に立ちはだかるように手綱を引いて馬を止め、男はそう声を上げた。

「加勢に来てやったぞ。喜べ、十郎」

紫色の頭巾で顔を隠した馬上の男は、伊達模様の派手な着物に、天鵞絨の衿を縫い付けていた。

顔を隠している他は、往年の傾き者だった頃のままの出で立ちだった。

子龍だ。

のらりくらりと小石川邸に行くのは避け、今日のことは知られぬようにしていたが、嗅ぎ付けたたか。

「誰だ？　お主の新しい傾き仲間か」

加賀爪が十郎の脇腹を小突きながら耳元で問う。

「違う。それから拙者は傾き者ではない」

「いい格好じゃないか十郎！　お父上の姿を思い出すぞ」

子龍は笑い声を上げると、馬首を茶屋の方へと向けた。

「今宵は、この新刀の斬れ味を存分に試して進ぜよう」

刀を抜いて声高らかに言うと、馬の横腹を蹴って駆り、十郎たちに背を向けて茶屋に向かって走り出す。

「まずい」

とても追い付けるものではないが、十郎はそれを追って走り出した。

大小神祇組の面々も後に続く。町奴たちと白柄組との決着が付かないうちに子龍に殴り込まれては、話がややこしくなる。

下手をすると、十郎が話し合いを反故にして、唐犬権兵衛やお吟を騙し討ちしようとしたと受け取られてしまう懸念があった。

累は正眼に構えた刀の先を、真っ直ぐに播磨の眉間に向けた。

一方の播磨は、刀の先を下段に低く構えている。お互いに一寸、二寸と、じりじり摺り足で間合いを取っていた。

累が播磨を斬る邪魔はするなとお吟から言い含められているからか、周囲にいる町奴たちは、遠巻きに様子を窺っているだけで、不意打ちに播磨に襲い掛かろうとはしない。必然的に人の輪が囲いのようになっていた。

読売に書いてあったような残虐な雰囲気は播磨にはなかったが、人など見た目でわかるものではない。

播磨の剣の腕がどの程度のものなのかは知らないが、必死の状況で研ぎ澄まされているのか、今はまったく隙がなかった。

二人の間の、触れれば弾け飛ぶような緊張の糸を断ったのは、近づいてくる馬蹄の音だった。

「覚悟せい、町奴の虫けらどもが」

そう叫ぶと同時に、この勝負を見守っていた町奴の輪を蹴散らすように乱入してくる者がいた。逃げ惑う町奴たちを追い回し、大声で笑いながら馬上から斬り付け、馬蹄で踏み潰そうとする。

一気に周囲が混乱の坩《る》堝《つぼ》と化したが、累は播磨から目を離さなかった。

播磨も同じで、じっと累を睨みつけている。お互いに、目を逸らした瞬間に一撃が来るのがわかっていたからだ。

二周、三周と累と播磨の周りをぐるぐると巡り、町奴たちを追い散らすと、馬上にいる紫色の頭巾を着けた男は、馬首を累に向けて横合いから突進してきた。

対峙している二人のことなど、まったくお構いなしである。

そちらに体を向けて刀を振るえば、馬上の乱入者を斬るのは容易い。

だが、その瞬間を目の前の播磨が見逃すとは思えない。かといって、このままでは紫頭巾の男に馬上から斬られるか、馬の蹄の下敷きになる。

この一瞬では考えている間もなかった。

やむを得ず、累が紫頭巾を相手にしようとした、その時である。

「場を読まぬか！　卑怯であろうが！」

甲高い女の声とともに、飛び出してきた小柄な影があった。

例の般若面を着けた、笊籬組の新しい頭目だ。

驚くべき身のこなしで薙刀の石突きを地面に突き立て、そのしなりを利用して飛び上がると、両足を揃えて馬上の紫頭巾の男を蹴り落とした。

土煙を上げて、累と播磨の間を、無人となった馬が駆け抜けて行く。

そのせいで、一瞬、視界から播磨の姿が消えた。

累は踏み込む。

播磨も同じように動き出していた。

お互いの握っている刀が激しくぶつかり合い、火花が散った。

力押しとなる鍔迫り合いは避け、累は相手の力を受け流すように体を引く。

だが、播磨は体勢を崩すことなく、切っ先で累の目を狙ってきた。

冷静にそれを見切り、累は頭を下げてそれを躱す。切っ先が、髪をひと纏めにしている紐を切り裂き、累の長い髪が解けて広がった。

構わず累は、至近距離から逆袈裟斬りに刀を振り上げる。

刀で斬れるものが相手なら、恐れなど少しも感じない。

播磨は体を反らしてそれを避けようとしたが、切っ先が体幹の表面を一寸ばかりの深さで斬り裂いていた。

致命傷には至らなかったが、裂けた衣服の隙間から血が勢いよく飛び散る。

続けて累は、横一文字に播磨の首を刎《は》ねた。皮一枚だけ繋がった播磨の首が、仰向けに体の後ろにぶら下がり、そのまま倒れる。

血振るいして刀を鞘に収めると、累は走り出した。

播磨を斬るのだけが目的だから、それが済んだら離脱すると、お吟には伝えてある。

走りながらふと振り向くと、薙刀を構えた般若面と、刀を八相に構えた紫頭巾の、正体不明の二人が、じりじりと対峙しているところだった。


「あーあ、始まっちゃったねえ」

料理茶屋の裏手で、鶺鴒組を従えて待っていたお吟は、そう呟いた。

これを避けるためにずっと動いていたのだが、こうなっては腹を括るしかない。

「姐さん、自分らは殴り込まなくていいんで?」

「唐犬組の馬鹿どもが、勝手にやってくれるよ。それともお前らも出入りがやりたいのかい」

お吟が言うと、手下は慌てて頭を横に振った。

笊籬組が用意した大八車が表の入口に激突する音に続いて、今度は二階屋が騒がしくなり始めた。唐犬組が梯子を掛けて二階に乱入したのだろう。

「いいかい。私らの受け持ちは、裏口から逃げてきたやつの始末、それから決着がついた後の逃走の手助けだ。忘れるんじゃないよ」

鶺鴒組の手下である醬油問屋の小倅に命じて、料理茶屋の五、六町ほど北にある小名木川に、猪牙舟《ちょきぶね》を数艘、浮かべて待たせてある。事の決着がつくか、捕り方が現れたら、そちらへ向かい、大川まで漕ぎ出して逃げる算段だった。

いざ殴り込みが始まったら、五人や六人は裏口から出てくるだろうと踏んで身構えていたが、思っていた以上に奇襲が上手く行ったのか、それとも白柄組の連中の根性が据わっていたのか、先ほどから店の番頭、料理人、女中などが逃げ出してきた他には、誰一人として出てこない。

先生は、青山播磨を仕留めることができただろうか。

己の手で討ち取らなければ、生涯、お菊の幽霊に悩まされるのではないかと、だいぶ思い詰めていたから心配だ。

旗本たちはどいつもこいつも腰に大小を差している。それなりに剣の稽古もしてきている連中だから、権兵衛や、死んだ夢乃のようなやつならともかく、並みの町奴では二、三人がかりでも苦戦する。播磨だけでも累が斬ってくれるのなら、御の字だった。

むしろ、今となっては巻き込んでしまったことを申し訳なく思っていた。こんなつまらないことで累が捕まるようなことがあってはいけない。さっさと播磨を斬り、逃げおおせていればいいのだが。

「姐さん、誰か出てきましたぜ」

そんなことをお吟が考えている時、ふらふらと裏手から出てくる者がいた。

異様な風体だった。女物の明るい色の小袖を着ているが、煌《きら》びやかな柄の帯は解け掛かっている。顔には白粉が塗られており、唇にも紅が引かれているが、頭は少し毛が生えた程度の坊主頭だった。

「美代次じゃねえか」

舌打ちしながらお吟は呟く。

「あ……あ」

余程怖い目に遭ったのか、茫然自失としていた美代次は、裏手に控えていたお吟たちの姿を見て、狼狽えた声を出した。

「ご、ごめんよ、お吟……許しとくれ」

そして媚びるような声を出し、近づいてくる。逃げ場がないのを悟ったのだろう。

「私は何も知らずに呼ばれて酌をしていただけなんだ……」

そしてお吟の足下に跪《ひざまず》くようにして土下座を始めた。

「鶺鴒組がみんなで贔屓にしてくれてたってのに、私は馬鹿だったよ。どうか、どうか……」

震えている美代次の前に、お吟は膝を曲げてしゃがみ、背中をそっと撫でてやる。

「そんなに怯えるなって。見逃してやるよ」

お吟が優しい声を掛けると、美代次が顔を上げた。

「ほ、本当かい」

「ああ。一度は好きになった相手だしな」

「お吟……あんたって人は……ああ……」

美代次が目から涙を溢れさせ、頬を伝って化粧を洗い流す。

「姐さん、許してやるんで?」

傍らにいる鶺鴒組の手下が、訝しげな声を出した。

「んなわけないだろ」

優しい笑みを浮かべて美代次と見つめ合っていたお吟の瞳がぎゅっと縮まり、三白眼となる。そしてお吟は裾を手で叩きながら立ち上がった。

「後が面倒だ。殺せ」

お吟がそう呟くと同時に、美代次は顔色を変えて慌てて立ち上がり、逃げ出そうとしたが、すぐに手下が捕らえた。

「ん？」

口を塞がれ、泣き叫ぶこともできず手足をばたつかせながら腹に長ドスを何度も突き立てられている美代次の傍らで、お吟は料理茶屋の屋根を見上げる。

「何やってんだ、権兵衛のやつ」

釘棍棒を担いだ権兵衛が、のそりと屋根の棟の上に立ち上がる姿が、月明かりで影法師のように浮かび上がっている。

今まで気づかなかったが、屋根にはいま一人、大蝦蟇のような影がへばりついていた。

21

「てめえが三浦小次郎か」

軒瓦に足を乗せて這い上がると、権兵衛は登ってきた四間梯子を蹴って倒した。

乗り込んだ時に立て掛けた梯子はもう一丁あったが、そちらはすでに倒れている。これで三浦小次郎は、料理茶屋の屋根の上から逃げられなくなった。あの巨体では飛び降りることもできまい。

「ここなら邪魔は入らねえ」

立ち上がった権兵衛は、釘棍棒を肩に担ぎ、屋根の傾斜を上がって行く。足場は悪いが、それはお互い様だ。瓦の葺き方はしっかりしている。普段は町鳶で働いている権兵衛の方が、これなら有利に働く筈だ。

「唐犬……権兵衛だな？」

観念したのか、舌打ちしながら小次郎ものそりと体を起こした。

「町人風情がこんなことをして、只で済むと思ってるのか」

「思ってねえよ」

足下に唾を吐きながら権兵衛は言う。

「だから、てめえと播磨だけは、何としてでも殺らなきゃならねえ」

権兵衛は両手で釘棍棒を握り、しっかりと構えた。

一方の小次郎は、白い刀の柄を握り、腰を低くして、いつでも抜ける体勢を取る。

でっぷりと肥え、鏡餅のような体つきをしているが、存外に動きは素早く腕も立つと、桜川からは聞いていた。

ふと、焦げた臭いが権兵衛の鼻腔を衝いたのはその時だった。

「む？」

思わず権兵衛は辺りを見回す。小次郎との距離は、まだ三間以上離れており、お互いにまだ間合いの外だ。

建物のどこかで火が出たか――。

権兵衛はそう直感した。店の者たちは皆、逃げ出しているだろうから、厨房の竈の火か、下階の行燈の炎か何かが燃え上がり、火が付いたのだろう。

ゆっくりと間合いを取っているような暇はねえ。

そう思い、権兵衛は幅の狭い棟瓦の上を、一気に小次郎に向かって走り込んだ。

棟瓦を跨ぐようにして立っていた小次郎は刀を抜いたが、権兵衛の得物を受け太刀するのを嫌い、後方に退いてそれを躱す。

空を切った権兵衛の釘棍棒が、屋根に打ち付けられ、瓦の割れる乾いた音がした。

聞いていた通り、小次郎の動きは素早く軽やかだったが、やはり足場が悪いからか、傾斜になって折り重なっている瓦で足を滑らせて転んだ。

「くそっ」

悪態をつき、小次郎は滑り落ちないよう片手で棟瓦を掴んだ。権兵衛はその手に向かって再び釘棍棒を打ち下ろす。小次郎が諦めて掴んでいた手を離す。

棟瓦がまた音を立てて割れた。小次郎は軒から転がり落ちる前に、何とか踏ん張って止まる。

地面まで一気に落ちれば、命を落とすことはなくても、小次郎の体重では腕や足の骨の二、三本が折れるのは免れないだろう。動けなくなれば、下にいる町奴たちに寄って集《たか》って斬られることになる。

それがわかってか、小次郎はここで決着をつけるつもりのようだった。

軒のところに踏み止まった小次郎は、足下の瓦を掴んで強引に剝がし、それを権兵衛に向けて力任せに投げ付けてきた。

それを権兵衛は、手にしている釘棍棒で空中で打ち返す。瓦が粉々に砕ける。

続けてまた瓦が飛んできた。権兵衛はまたそれを空中で叩き割ったが、綺麗に二つに割れた破片の片方が、剃り上げられた権兵衛の額に強かに当たった。

「痛ってえ！」

思わず権兵衛は叫び声を上げる。

小次郎が隙と見て屋根の傾斜を駆け上がり、下から権兵衛の臑を斬り付けようとした。

慌てて躱そうとすれば、権兵衛も均衡を崩して倒れ、転がり落ちてしまう。そのまま斬り付けさせておいて、力の限りに釘棍棒を小次郎の顔めがけて振り下ろした。

殆ど相討ちのように、半袴から覗く権兵衛の毛臑に小次郎の刀が食い込み、頭を守ろうとして躱した小次郎の肩に、釘棍棒が叩き込まれた。

小次郎が繰り出した刃は、権兵衛の太くて硬い臑の骨で止まったが、釘棍棒は、小次郎の着物を引き裂き、肩の肉に深く突き刺さった。

小次郎が短く呻き声を上げる。

権兵衛が釘棍棒を振り上げると、肉片と脂肪が釘にごっそりとからめとられて血《ち》飛沫《しぶき》が飛び散った。

「存分に味わいやがれ！」

権兵衛はそう叫ぶと、今度は小次郎の横面に向かって力任せに釘棍棒を振り切る。

たまらず小次郎は受け太刀しようとしたが、やられた肩に力が入らなかったのか、受け損ねた。

権兵衛の放った一撃が、小次郎の顔に届いた。鉤《かぎ》状に曲がった無数の釘の頭が、小次郎の頬の肉を貫いて口腔に入り、耳の穴にめり込み、眼球に突き刺さる。

それでも小次郎は、刀を握った右腕を振り上げ、権兵衛の腹に突き立てようと、何度も突きを繰り出してきた。

それを避けながら、権兵衛は小次郎の顔に刺さった釘を引き抜くために、激しく棍棒を前後に揺する。

小次郎の顔の左半分の皮をずるりと剝くように、釘棍棒が離れる。

権兵衛は舌打ちした。威力は抜群だが、存外にこの得物は使いにくい。

「十郎の野郎が、嵌めやがったのか」

呂律の回らぬ口調で小次郎が怒号を飛ばす。

「ふざけおって、恥を知りやがれ。お前ら町奴どもは、十郎と手を組んだのか」

刀を出鱈目に振り回しながら、顔の半分潰れた小次郎が屋根を這い上がり、追い縋ってくる。

外れた瓦が、がらがらと音を立てて屋根を滑り落ちて行く。

おそらく死を覚悟したのであろう小次郎に、思わず権兵衛は気圧《けお》され、後退った。

斬り付けられた臑の傷が、今さらながらずきりと痛む。

「気に入らねえ。どいつもこいつも馬鹿にしやがって」

そう吠えながら小次郎が振り下ろしてきた刀を、権兵衛は釘棍棒で受けた。そのまま鍔迫り合いのような形になり、額と額が触れそうな距離で睨み合いになる。

「雑魚《ざこ》はそろそろ舞台から下りな」

権兵衛はそう言うと、渾身の力を込めて、一気に小次郎の体を押し返した。

続けて小次郎が刀を握っている右腕の上腕に、思い切り釘棍棒を叩き込む。

小次郎が取り落とした刀が、屋根を転がって行く。

今度もまた、鉤状になっている釘の頭が引っ掛かって、突き刺さったまま抜けなくなった。

「くそっ、面倒くせえ」

権兵衛は握っていた柄を手から放す。釘棍棒は、小次郎の腕に突き刺さったままぶら下がっている。

小次郎の胸倉を片手で掴むと、権兵衛は強く拳を握り、それを小次郎の顔の真ん中に叩き込んだ。

加減をしなかったので、相手の鼻骨が折れる手応えと一緒に、己の指の骨まで折れる感触があった。それでも構わず、何度も権兵衛は相手の顔に拳を叩き込む。

十数発も入れたところで、妙な息苦しさを感じて権兵衛は我に返り、辺りを見回した。

夢中になっていて気づかなかったが、かなり火が回っており、二階屋から噴き出した炎が、舌を伸ばすように軒先に巻き上がり始めている。すでに濃い煙で周囲はよく見えなくなっていた。息苦しかったのはこのせいか。

その時、ぐったりとしていた小次郎が、急に息を吹き返したように逆に権兵衛の胸倉を摑んできた。

そのまま、足場の悪い屋根の上で、お互いの胸倉を摑んで組み討ちの様相になった。小次郎が執拗に権兵衛にしがみついてくる。道連れにして一緒に屋根から飛び降りるつもりのようだ。

権兵衛は何とか引き剝がそうとしたが、臑の刀傷のせいで踏ん張りきれなかった。うっちゃりのように小次郎が体を捻り、権兵衛の体を浮かせて倒した。二人は摑み合ったまま、ごろごろと屋根を転がって行き、勢いよく軒先から飛び出す。

ふわりと宙に浮くような感覚。だが運は、権兵衛に味方した。

小次郎が下になって、縺れ合った二人は地面に激突する。権兵衛の体にも衝撃が走ったが、殆どは肉布団のように分厚い脂肪に覆われた小次郎の体に吸収された。

「長兵衛の兄貴、仇は取ったぞ」

己にだけ聞こえるようにそう口にするのが精一杯だった。

すでに息絶えているように見える小次郎の体に馬乗りになり、何度もその顔を殴りつけながら、権兵衛は大粒の涙を流していた。

22

水野十郎がやっとの思いで料理茶屋の前に駆け付けると、子龍はすでに何者かと斬り結んでいた。

周囲には怪我を負った町奴や白柄組の下っ端たちが倒れている。呻き声を上げて這いつくばっている者、息絶えているのかぴくりとも動かない者もいる。

それよりも十郎の気を引いたのは、料理茶屋が燃え始めていることだった。二階の格子戸から、黒い煙とともに赤い炎が巻き上がっている。

暗闇に舞い散る火の粉を背景に、影と影が飛び交っていた。刃の合わさる音が、連続して十郎の耳に届いてくる。

子龍が相手している者の姿を見て、十郎は言葉を失った。

見覚えのある般若の面は、いつもは父の部屋の床の間に飾ってあるものだ。身に着けている打掛にも見覚えがある。お萬の方が若い頃に、父とお揃いの柄の刺繡を入れて仕立てたものだ。

十郎が屋敷を出る時に切り火を打った後は、大人しく奥に引っ込んでくれたので安心していたが、何故に今、ここで子龍と一戦交えているのか。

子龍はどういうわけか馬を捨てて徒《かち》になっている。薙刀の間合いが長い分、刀を手にしている子龍の方が守勢になっていた。

並の相手なら懐に入りこめばいいのだろうが、般若面のお萬の方は子龍を近寄らせない。牛若丸の如く飛び跳ねながら距離を取り、刃を合わせている。

どうするべきか、一瞬、十郎は迷った。

子龍に加勢して母を討つわけにはいかない。かといって子龍に斬り付けるわけにもいかぬ。そんな十郎の動揺は、周囲にいる大小神祇組の連中にも伝わったようだった。

「手出し無用だ!」

その時、子龍が怒鳴り声を上げた。相当、苛々きている口調だ。目の前の般若面を思うようにあしらえず、翻弄されていることが気に入らないのだろう。

十郎は腕を横に広げ、背後にいる手下どもを制した。

こうなっては、勝負がつくまで見守るしかない。お萬の方が本当に危なくなったら、その時に止めに入ればいい。

子龍が踏み込もうとすればその臑を狙い、跳び上がって子龍がそれを避ければ、今度は石突きで鳩尾を突きにくる。ならばと子龍が打ち込めば大きく背後へ飛び退くといった按配で、まるで勝負がつかない。

その時、料理茶屋の入口を塞ぐ大八車の間から、顔中を血と煤で汚した桜川が、笊籬組の手下に抱えられて、ふらふらと姿を現した。

見れば桜川は、右腕だけでなく、左腕までも失っていた。二階屋からは庇を伝って、次から次へと町奴たちが飛び降りてくる。どうやら中にいた白柄組の連中は、すっかり片付いたらしい。

立ち回りを演じている般若面のお萬の方の姿を見つけ、桜川が己を支えている手下たちを振り払い、血の滴る左腕の断端を地面に付け、仕切りの体勢を作った。

それはいかにも無謀だった。

突進してきた桜川を、煩わしいとばかりに子龍が斬り捨てようとする。

加勢しようとしたのだろうが、桜川の動きは、却ってお萬の方の足を引っ張った。

桜川が斬り捨てられぬよう、咄嗟にお萬の方が二人の間に割り込み、薙刀の柄を両手で握って頭上に掲げ、子龍の振り下ろす刃を受けようとした。

子龍の一撃は薙刀の柄を二つに折り、その切っ先はお萬の方の顔に打ち下ろされた。思わず十郎も刀の柄を握って前に出る。

だが刀身は、お萬の方の頭を二つに割る前に、顔を隠していた般若の面を二つに割って止まった。

桜川を守るように立ちはだかるお萬の方の足下に割れた面が落ち、その幼さを残す顔が晒された。

触れるか触れないかという距離で刀身を額に当てられても、お萬の方はたじろぎもせず、きっとした表情で子龍を睨みつけている。子龍は痺れたように動きを止めてしまった。

「十郎、あれは……」

加賀爪が、困惑した様子で口を開く。

「黙っていろ」

思わず十郎は声を上げ、子龍の方へと駆け込んだ。

動きを止めてしまった子龍を狙い、お萬の方が短くなった薙刀の柄を握り直し、短槍を扱うように下から上へと子龍の顎めがけて突き上げた。

間一髪間に合い、十郎は子龍の天鵞絨が縫い付けられた着物の首根っこを掴み、後ろに引き倒した。

薙刀の刃が空を斬る。

十郎は必死になって、お萬の方に早くどこかへ行ってくれと視線で促す。

「勝負はお預けだ」

お萬の方は吐き捨てるように言うと、打掛を翻して、ひらりと桜川の背に乗った。

それを合図にしたかのように、桜川が全力で走り出す。

子龍は尻餅をついたまま、呆然とその後ろ姿を見ながら呟いた。

「可憐な……」

十郎の背がぞっと粟立つ。

「見たか、十郎。まさかとは思ったが、本当に女子だった」

「い、いや、見間違いでは……」

必死に十郎は誤魔化そうとする。子龍は十郎の母であるお萬の方を知らない。

慌てて駆け寄ってきた坂部が、お萬の方が去った方向を見て口を開く。

「十郎、今のはもしや……」

「し、知らん知らん。顔もよく見えなかった」

十郎は坂部に向かって察しろと目配せする。勘の鈍い坂部だが、さすがに十郎の必死さが伝わったのか、それ以上は何も言わなかった。

その時、料理茶屋の方で大きな音がし、大量の屋根瓦と一緒に、何やら巨大な塊が二つ、縺れ合いながら屋根から降ってきて、地面に激突した。

下になっているのは、三浦小次郎のようだった。その巨軀に馬乗りになり、全身血だらけのまま、無我夢中で拳を振り下ろしている男は、唐犬権兵衛だ。

どうやらそちらのケリはついたらしい。

「子龍殿、ここは引いてはもらえぬか」

こうなると、最も面倒なのはこの男だった。

「勝手にやっていろ。拙者は先ほどの般若娘を追う」

いや、娘という歳でもないのだが……。

喉元まで出掛かった言葉を十郎は呑み込む。

もはや町奴と旗本奴の抗争には興味を失ったのか、子龍はさっさと走り出し、少し先で待っていた己の馬の背に飛び乗って駆け出した。

こうなってはもう、お萬の方が追い付かれぬようにと祈るしかない。

「唐犬権兵衛！」

そして権兵衛の方を向き直ると、棕櫚皮の柄を握って刀を抜き、十郎は叫んだ。

権兵衛の傍らに、まだ動ける町奴たちが駆け寄り、守るように囲んだ。数は二十人足らずといったところか。

十郎の背後に控えている大小神祇組の面々の数は、それよりも少しだけ多い。

小次郎に馬乗りになっていた権兵衛が、ゆらりと立ち上がる。

「おうっ、水野十郎か！」

小次郎の傍らに転がっていた、釘を出鱈目に打ち込んだ棍棒を権兵衛が手にする。

「いろいろと誤解していたみてえだ。悪かったな」

そう言って権兵衛が高らかに笑う。

つられて思わず十郎も口元に笑みを浮かべた。

「白柄組からけじめを取ったのなら、お互いにすっきりしたところで決着をつけようや」

十郎がそう声を張り上げるのを合図に、背後に控えていた大小神祇組の面々と、権兵衛を守っていた町奴たちが、一斉に前に出てぶつかり合い、乱闘が始まった。

「さてと、私もそろそろ加勢に行こうかな」

表から再び怒号が聞こえてくると、お吟は大きく背伸びをして息を吐き、そう言った。

「お前らはここで待っていな」

「姐さんだけで行くんですかい」

鶺鴒組の手下が、心配げに言う。

「うちからは私一人で十分だよ。お前らは持ち場を離れるんじゃないよ」

「しかし……」

尚も食い下がろうとする手下の鼻面に、お吟は思い切り頭突きを叩き込む。

手下が鼻血を噴き出しながら仰向けにぶっ倒れる。

「しかしも案山子《かかし》もあるかい。今日で鶺鴒組は解散だ。お前ら全員、足を洗いな」

それはお吟なりの覚悟があって口にした言葉だった。

手下たちは、困惑したようにお互いに顔を見合わせている。

「さてと、最後にひと花咲かせてくるかな」

帯の後ろ側に挟んだ短刀の位置を確かめ、お吟は歩き出した。

権兵衛は馬鹿だから、深く考えずに楽観しているだろうが、これだけのことをやって、首謀者である権兵衛やお吟が、何のお咎めもなく済むわけがない。

お吟自身も、旗本奴相手に少しは暴れておく必要があった。

佐々木累が咎を問われぬよう、青山播磨を斬ったのは自分だと言い張るためだ。

料理茶屋の建物は、かなり火の手が回っていた。噴き上がる火の粉を嫌って、だいぶ迂回しながらお吟は表に向かう。

「お吟！」

不意に声が聞こえた。

見ると、桜川がこちらに向かって走ってくる。背中には例の新しい頭領を背負っているが、何があったのか般若の面はなく、桜川の背中に顔を埋めて正体を隠そうとしていた。

「段取り通り、裏から逃げな。うちの手下が案内する」

「わかった」

桜川が走り去って暫くすると、今度は紫色の頭巾を着けた男が馬を駆って走ってきた。どうやら旗本奴の助っ人のようだ。

「おい娘、今、人を背負った取的が走ってきた筈だ。どっちへ行った」

「ひいいっ、お侍様、堪忍してください。私はたまたま通り掛かっただけで……」

馬上の者を相手に斬り合うのは面倒なので、お吟は適当に芝居を打ってやり過ごすことにした。

「どっちへ行ったと聞いているっ！」

どうやら桜川たちを追っているらしい。馬上の紫頭巾は苛立った声を上げた。

「あ、あっちです、あっち！」

お吟は桜川が去ったのとは別方向を指差す。

紫頭巾は礼も言わずに馬首をそちらに向けると、闇の奥へと走り去った。

「ばーか」

お吟はその後ろ姿に向かって舌を出し、指で下瞼を下げてあかんべえをした。

「さてと……」

料理茶屋の表を見ると、すでに乱戦が始まっている。

「十郎は権兵衛に任すとして、私は……」

お吟は歩んで行くが、争いの場に紛れ込んできたお吟の姿は、いかにも場違いだった。

「てめえっ、お吟じゃねえか」

不意にそう言われ、お吟はそちらを振り向いた。

一瞬では思い出せなかったが、いつぞや宮地芝居の木戸を巡って揉めた時に、地面に転がして恥を掻かせてやった白柄組の下っ端だった。刀を抜き、お吟に向けてそれを構えている。

「ええと、誰？」

お吟は挑発するためにわざととぼけてみせた。

「舐めおって。今日は手加減せぬぞ」

どうやら刀を抜いていることで気が大きくなっているようだ。

「へえ、どうするのさ」

「この間のようにはいかぬ。女でも構わず斬るぞ」

「はいはい。斬れるもんなら斬ってみなさいよ」

お吟が相手にせず、しっしと手を振ると、その態度に逆上したのか、白柄組の下っ端が刀を振り上げて走り込んできた。

お吟はそれを摺り足で横に移動して紙一重で避けると、すれ違い際に男の襟首を摑み、足払いを掛けて仰向けに地面に転がした。

倒れた男のこめかみを、下駄の爪先で鋭く蹴る。それだけで男は体を痙攣させ、すぐに動かなくなった。

「ふん、手応えのない」

お吟がそう言い終わらぬうちに、今度は背後から何者かが襲い掛かってくる。振り向きもせず、お吟は帯の後ろ側に交差して挟んだ二本の短刀の柄を握ると、それを引き抜いた。

刃渡り七寸の短刀を両手に逆手で握り、お吟は振り向くと同時に襲い掛かってきた白柄組の下っ端の鳩尾に片方を深く突き刺し、もう片方で喉を掻き斬った。

返り血を浴びるのは嫌だったので、間髪を入れずに後ろに飛び退く。斬られた方は、自分の身に何が起こったか気づく暇もなく絶命したか、襲い掛かってきた勢いのまま地面に倒れた。

「うーん、抜くまでもなかったか」

眉間に皺を寄せながらお吟は言う。だが、内心では興奮していた。累から習った剣術を、真剣で試すのは初めてだった。おそらく、これが最初で最後の機会になるだろう。

　お吟は血振るいもせずに短刀を二本とも鞘に戻した。そこらじゅうで斬り合いになっていたが、お吟には冷静に相手を探す余裕があった。

　その中に一人、若い侍の姿があった。顔面蒼白で、刀を握ったまま、おろおろと相手を探して右往左往している。いかにも喧嘩や斬り合いに慣れていないのが見て取れた。

　その若い侍と目が合った。

　年端は、お吟と大して違わないだろう。若い侍は、この乱戦の場にお吟のような娘が入り込んでいるのを見て、目を丸くした。

　そして何を思い違いしたのか、小走りにお吟の元に駆けてくる。

「娘、どこから紛れ込んだ。ここは危ない。早く逃げろ」

　そしてお吟の肩を摑んで揺さぶりながら、必死の形相でそう叫ぶ。

　殺気を持って近づいてきたなら、一撃で倒していたところだが、若い侍には悪意がなく、そのせいでお吟も手を出すのを躊躇した。

「拙者が守ってやるから、向こうまで……」

「ありがとうよ。私も舐められたもんだね」

呆れ声を上げ、お吟は若い侍の手首を握り、逆関節に捻った。刀を取り落とした若い侍の体を操って、ふわりと一回転させ、地面に倒す。

何が起こったのかわからず驚いている若い侍の腹を、お吟は思い切り下駄で踏みつけ、前屈みになって膝に体重を乗せた。

「いいかい、よく覚えときな。私の名は鶺鴒組の楊枝屋お吟だ。お前のような旗本奴の三下とは格が違うんだよ」

若い侍を見下ろして、忠告するように言いながら、ぐりぐりと下駄で左右に踏みにじってやると、若い侍は呻き声を上げた。

「勘解由っ、無事か！」

あまりに弱くて手応えがなく、止めを刺そうか迷っていたお吟に向かって、突進してくる男がいた。

素早く飛び退き、お吟は再び二本の短刀を抜くと、それを交差するようにして、突進してきた男が振り下ろす刀を受け太刀した。

男は間合いを取りながら、二撃目、三撃目と刀を振るってくる。出鱈目なものではなく、きちんと稽古を積んだ者の太刀筋だ。女であるお吟が相手でも躊躇がない。

こう正攻法で来られると、非力なお吟には少々不利だった。

「お吟だな。噂は聞いている。女だからといって手加減はせぬぞ」

休まず刃を繰り出しながら、男が吠える。その吐く息は酒臭かった。

「坂部三十郎と申す。相手になろう」

すると小唄にも歌われた坂部の三十か。

大小神祇組の顔役の一人だ。

「悪いけどね、ここでは死ぬわけにいかないんだよ」

お吟も短刀を握り直して身構える。

坂部が力押しの猛攻を仕掛けてくる。お吟は何とか凌いでいたが、とうとう片方の短刀を弾き飛ばされた。

一か八かで体ごと坂部の懐に飛び込み、残る一本の短刀を腹に突き立てようとしたが、腕を蹴り上げられ、それも飛ばされた。

斬り捨てられると思ったが、坂部はお吟の着ている小袖の胸倉を摑んで持ち上げた。背の低いお吟は、爪先立ちのような状態になって呻く。

「綺麗どころだと噂では聞いていたが、なかなかではないか。これが終わったら拙者が遊んでやろうか」

「女だからって手加減しないんじゃなかったのかい」

馬鹿め。心の中でお吟は悪態を吐《つ》く。

「気の強い女は嫌いではないが……」

お吟は口の中に溜めていた唾を、坂部の目に向かって吐き付けた。

「うっ」

坂部が怯んで、胸倉を摑んでいる手が緩んだ。地面に足が着いたと同時に、お吟は思い切り下駄の爪先で坂部の金的を蹴り上げた。

刀を取り落として坂部が腰を屈めて股間を手で押さえ、悶絶する。今度は逆にお吟が坂部の胸倉を摑み、体ごと背負うようにして投げた。

地面に仰向けに倒れた坂部の股間を、さらに下駄の踵で思い切り踏みつけようとする。

慌てて坂部が後ろに這い、お吟の下駄の底が、地面にめり込んで足形を付けた。

「や、やめろ」

「私だって、こんな汚いもの踏みたかないよ」

お吟は跳躍し、今度こそ思い切り坂部の股間を踏みつけた。ぐにゃりとした感触が足の裏に伝わってくる。

坂部が白目を剝いて失神すると同時に、ふと背後から気配を感じた。

お吟は振り向きざまに髪を飾っている簪《かんざし》の一本を抜くと、斬り掛かってきた刀を屈んで避けながら、それを思い切り相手の太腿に突き立てた。

相手が呻き声を上げて倒れる。先ほど、坂部から勘解由と呼ばれていた若い侍だった。助けに入ろうとしたのだろう。

「髪飾りは返してもらうよ」

勘解由の手首を踏みつけて刀を奪い、放り捨てると、お吟は相手の太腿に突き刺さっている簪を引っこ抜いた。

その時、遠くで呼び子の笛の音がした。

捕り方か、それとも火消しか。

地面で呻いている男二人を置いて、お吟は走り出す。

「お前らっ、引くよ！　段取り通りに逃げな！」

怒号が飛び交うこの様相で、町奴たちに声を掛けるお吟の甲高い声はよく通った。

「おらあっ、どうした、十郎！」

両手で握った釘だらけの棍棒を、権兵衛は力任せに振り回して襲い掛かってくる。喧嘩だけなら幡随院長兵衛よりも唐犬権兵衛の方が上だと噂では聞いていたが、確かに強い。やっていることは出鱈目だが、隙がなくて勢いが強く、懐に飛び込むことができない。

冷静に権兵衛の動きを読み、十郎はそれを躱し続けていた。不用意に受け太刀などすれば刀を折られる。

棍棒は血で真っ赤に濡れ光っており、打ち込まれている釘には皮膚や肉片や毛髪のようなものがいくつも絡み付いている。うっかり当たれば、刀で斬り付けられるよりも始末が悪い。

必然的に、間合いを窺いながら、十郎が権兵衛の周りをぐるぐる回る形となる。

「旗本奴の頭領ってのは、そんなもんか」

得物をぶんぶん振り回しながら、頻りに権兵衛は挑発してくる。

「正面から打ち合いやがれ」

「無茶を言うな」

十郎が吐き捨てるようにそう言い返した時、不意に呼び子の音が遠くから聞こえてきた。

「くそっ、これからだというのに……」

思わず十郎の口から悪態が漏れる。

その時、呼び子に気を取られた十郎めがけて、上から釘棍棒の一撃が襲い掛かってきた。

避ける暇はないと悟り、十郎は下から受け太刀する。幸いに刀は折れなかったが、柄を握っている十郎の両腕に衝撃と重みが走った。

「さっきから思ってたんだがよ」

背丈で上回る権兵衛が、力を込めて釘棍棒を押しながら言う。

「お前のその格好、野暮ったすぎるぜ」

「言うな。そういう貴様の品のない額の剃り込み、虫唾が走る」

「抜かせ」

権兵衛が笑みを浮かべた。

「正直……」

押し返しながら、十郎も口元を歪めて笑う。

「拙者はお主らに怒りが湧いてこないのだ。むしろ違う形で会っていたなら、気の合う仲間になれたかもしれぬものを」

「わかってねえな」

足下で権兵衛が蹴りを入れてくる。相手から目を離さないようにしながら、十郎はそれを臑の部分で上手く受け、倒れないように踏ん張った。

「俺たち町奴の男伊達は、お前ら旗本どもとは覚悟が違うのよ」

確かにそうかもしれなかった。粋がってはいても、いつかは心を入れ替えるか、または表向きだけそんな振りをして、旗本たちは家名を継ぎ、真面目に勤めを始める。所詮は身分を笠に着た、そんな悪党ぶりなのだ。

「だが、言いたいことはわかるぜ」

権兵衛が体を退いた。

「俺は今、楽しいんだ」

そして離れ際に、強かな一撃を振り下ろす。

間合いが近すぎて避ける隙はなかった。

十郎は下から刀を振り上げる。会心の手応えがあった。

釘棍棒の柄の部分が真っ二つに切れ、先の部分が飛んでいく。

振り上げた刀を返し、十郎は権兵衛の頭へと斬り下ろした。

だが、刀は権兵衛の額に当たった瞬間、これも真ん中から二つに折れた。

権兵衛の釘棍棒を叩き切った時、すでに亀裂が入っており、頭を唐竹割りにするほどの強度は、もう残っていなかったようだ。

お互いに折れた得物を手にしながら、時が止まったかのように睨み合う。

「やべえやべえ、死んだかと思ったぜ」

傷つけられた額から流れ落ちてくる己の血を舐めながら、権兵衛が言った。そして柄だけになった棍棒を放り捨てる。

「どうする？　素手で殴り合うか」

「いや、もう潮時であろう」

十郎のその言葉で、やっと権兵衛も呼び子の音が近づいてきているのに気づいたようだった。

「権兵衛っ、何やってるんだ。ずらかるよっ」

その時、聞き覚えのある女の声が聞こえてきた。

見ると、お吟が小走りに近づいてくる。

「やり損なったのかよ」

そして、折れた刀を手に権兵衛と対峙している十郎を見て、舌打ちまじりにそう言った。

「三浦小次郎の野郎は、ぶち殺してやったぜ」

「播磨は？」

「佐々木累殿が斬った」

権兵衛の代わりに十郎が答えると、お吟が駆け寄ってきて十郎の胸倉を摑んだ。

「累先生はここには来ていない。そういうことにしろ。いいな」

そして、ぎゅっと黒目が絞られた三白眼で、脅すように十郎を見上げてくる。

「だが……」

播磨が女剣士に斬られたところを、白柄組の残党たちが何人も見ている筈だ。

「お吟、先に行ってろ。俺は十郎と決着を……」

「馬鹿言うな。行くよ」

お吟は聞く耳を持たず、権兵衛の耳を引っ張って強引に引き摺って行く。

「い、痛え痛え。痛えっての」

権兵衛とお吟の二人が去ると、十郎は辺りを見回した。

旗本奴、町奴、入り乱れて数十人が倒れている。死にかけて呻いている者、すでに息絶えた者、這いずって逃げようとしている者。

十郎は、自分が手にしている、真ん中から折れた棕櫚皮拵えの刀を見た。

「父上の大事な刀を折ってしまった。これは屋敷に戻ったら、母上に大目玉を食らうな」

苦笑してそう呟きながらも、十郎は妙に清々しい気分だった。

エピローグ

お吟が伝馬町牢屋敷の女牢で病死したという知らせを佐々木累が受けたのは、それからふた月ほど経った頃だった。

捕縛を免れた鶺鴒組の手下の商家の小倅たちが、牢屋敷に差し入れの届物をした時のことである。一番喜ばれるのは蕎麦だと聞いて、同房の者たちの分も一緒に、鉄砲町の蕎麦屋で四斗樽に入れた蕎麦と手桶に入れたつけ汁を仕入れて持参したらしいが、そこで牢屋同心から、お吟は死んだと伝えられたのだ。

骸は下げられなかった。理由はわからぬが、人に見せられぬような死に様をしていたのかもしれない。それ故に、未だに葬儀を行うこともできずにいる。

思いのほかにお吟が厳しい取り調べを受けたのは、青山播磨を斬ったのは自分だと言い張ったことによるものらしい。

おそらくは、累が咎を問われぬよう、罪を被ろうとしたのだろう。賢い子だったから、逃げ遅れて捕まったのも、最初からそのつもりで、覚悟の上だったのかもしれない。

だがそれも、お吟が死んでから知ったのでは後の祭りだった。

唐犬組の面々も殆どが後から捕縛され、首謀者とされた権兵衛には磔《はりつけ》獄門《ごくもん》の沙汰が下された。

一方で旗本奴たちにはこれといった咎もなく、この揉め事は終着した。

市井では、幡随院長兵衛の死を発端にして起こった旗本奴と町奴の抗争が落着したことで、安堵の空気が流れている。

面白おかしく書き立てられた読売が飛び交い、巷間では町奴たちに同情する声が多かったが、それも少し時が経てば忘れられるのだろう。

浅草寺の門前にある、お吟の両親が営む楊枝屋に辿り着くと、累は足を止めた。

腰を屈め、杖をついた老人が、店の奥に向かって何か声を掛けている。

「尻の一つも撫でてやろうと思って来たんだが、あの放蕩娘、またふらついているのか」

「もう帰ってこなきゃいいんですよ。あんな親不孝者」

対応しているのは、いつも店の奥で無言で石臼を挽いていたお吟の母だ。

老人は常連客だろうが、お吟が捕縛され、牢屋敷で死んだことは隠しているようだ。

老人はお吟の母に渡された房楊枝を懐に入れて、残念そうなとぼとぼとした足取りで去って行く。お吟の母はそのまま店の奥に引っ込んだ。

そっと累は店の奥を覗き込む。

いつものように石臼で五倍子粉を挽きながら、お吟の母は泣いていた。

お悔やみの一つも伝えようと思って来たのだが、累はそのまま声を掛けずに聖天町の自分の道場に戻ることにした。

その夜、寝床に横になっていた累は、道場で物音がしたような気がして目を覚ました。

以前にお吟が言っていた、道場に出る幽霊のことを思い出して、累の全身に冷や汗が浮かんでくる。どうしてもそのまま横になっていることができず、累は勇気を振り絞って様子を見に行くことにした。

そっと戸板を横に開くと、きちんと戸締まりした筈の道場の雨戸は開け放たれており、外から月明かりが射し込んでいる。

道場の真ん中には、こちらに背を向けて端座している、可愛らしい花柄の小袖を着た、若い娘の姿があった。

思わず累は息を呑む。青山播磨は斬ったのに、お菊が化けて出てきたのだろうか。

いや、違う。

すぐに累は気がついた。その後ろ姿、白い項。よく知っている相手だった。

「ばあっ、化けて出てきましたよ、先生」

悪戯《いたずら》っぽくそう言い、人影が振り向く。

累は唾を飲み込む。やはりお吟か。

「あれっ？　怖がらないんですか先生。幽霊ですよ、私。ほら、恨めしや」

胸の前にだらりと手を下げ、薄い唇の間から舌を出して、必死になってお吟が主張する。

お吟の傍らまで行き、対峙するように累は座った。

「お化けは……怖いが……」

累はお吟に向かって手を伸ばす。

「お吟……お主の亡霊にならら会いたかった」

累が震える指先でお吟の頬に触れようとした時、不意にお吟が寂しそうな笑みを浮かべ、その姿が消えた。

そこで本当に目が覚めた。

「お吟……」

目から溢れ出た涙で、頬も枕も濡れていた。

累は寝床から体を起こすと、先ほどそうしたように、道場へと向かう。

やはり雨戸は閉め切られたままで、道場の中は暗かった。

累は落し猿の細木を上げて雨戸を横にずらす。夜は明けており、外は朝靄が掛かっていた。冷え切った空気が道場の中に入り込んでくる。

累は振り向く。

朝の掃除をする前で、うっすらと埃に覆われた道場の床板の上に、己が付けた足跡とは別に、誰かが座していたかのような跡があった。

やはり会いに来てくれたのか、お吟。

累はそう思った。お化けが苦手な累を脅かさぬよう、わざとそんな出方を選んだのかもしれない。余計な気を回しそうなところが、お吟らしかった。

十郎の父である水野成貞が没したのは、その年、慶安三（一六五〇）年の十月のことだった。

出入りの時に、笊籬組と一緒に町奴たちに紛れていたことを十郎が問い詰めても、知らぬ存ぜぬですっとぼけていたお萬の方だったが、成貞が死ぬとすっかり元気を失ってしまった。

もう成貞の稽古相手をする必要もなくなったと、あれほど熱心に取り組んでいた薙刀もやめてしまい、生家である蜂須賀家に戻るため、徳島藩邸に引っ込んでしまった。家名は一応、十郎が継ぐことになったが、それを嫌がって十郎は屋敷を出てしまった。

釈然とせぬ。

十郎の気分をひと言で表せば、それだった。

唐犬権兵衛が死に、お吟が死んだと聞いた。桜川五郎蔵も斬られた腕の出血がひどく、間もなく息を引き取った。抗争に参加した名も無き町奴たちも多くが命を落とすか、捕縛され、結局は死んでいった。

これが町奴どもの夢の散り際か。

子龍の口利きで借りた小石川白山の一軒家で、昼から酒を呷ってごろごろと床の上を転がりながら、ふと十郎はそんなことを思った。

自分たちが張っていた男伊達とは、いったい何だったのかと十郎は思う。

己を含め、旗本奴たちの多くは咎も受けず、何事もなかったかのようにのうのうと生きている。

加賀爪も坂部も足を洗った。これからは武家として立派に勤め、十年二十年も経てば、自分も昔は悪かったなどと、他人事のように語る日が来るのだろう。

そんな己の将来の姿を思うと、胸糞が悪くなる。

大小神祇組は若い連中に勝手に名乗らせ、十郎自身は足を洗うわけでもなく、旗本として真面目に勤めるわけでもなく、だらだらと若くして余生のような日々を送っている。

それから、十四年が経った。

——御公儀に対する大不敬である。

出頭した水野十郎の姿を見て、集まっていた三奉行と幕府老中ら評定所の一座は、いずれも不快な様子を顕わにし、そう沙汰を下した。

寛文四（一六六四）年三月のことである。

「おう、勘解由。澄ました面しやがって、何様のつもりだ、こら」

同じく吟味のために呼ばれ、部屋の隅で大人しく端座している中山勘解由の方を見て、十郎はまた悪態を吐いた。

広い座敷の真ん中で、十郎はわざと足を崩して胡座を掻いている。

「確か今は、先手組頭に出世したんだっけか。偉くなりやがったなあ、小僧が」

半袴から覗く臑毛だらけの脚を爪で掻きながら、十郎は言った。

勘解由は動じることもなく、冷ややかな目で十郎を見ている。

いい歳をして未だに悪ぶっている十郎を、心から侮蔑している瞳だった。

死んだ権兵衛の息子で、今は二代目唐犬権兵衛を名乗っている権之助から、町奴の取り締まりの元締めは、中山勘解由が命じられていると聞いていた。

知らぬ顔をして座っているこの男が、ほんの短い間ではあるが大小神祇組にいたことがあり、例の旗本奴と町奴の出入りの時にもいたことを、今この場でぶちまけてやろうかとも十郎は思ったが、思い直した。

そのようなしみったれた真似をするのはみっともないし、今となっては誰も信じぬ。口から出任せを言っているとしか受け取られないだろう。

「申し開きは」

「ござらんな」

わざと舌っ足らずな口調で十郎は答える。御公儀の要職が集まっているこの場で、そのような態度を取るのは、確かに不敬以外の何物でもない。異常ですらあった。

十郎が評定所に呼ばれたのは、旗本らしからぬ不行跡によるものである。

母方の実家である徳島藩蜂須賀家への度重なる金の無心、普請の人足や徒士《かち》を集めると偽って大名家などから金を騙し取るなどの悪行、吉原で豪遊した上に金も払わず、遊女を掠って小石川の自邸に連れ帰るなど、このところ十郎が起こしている悪事は枚挙に暇が無い。

表向きはそれらの素行不良に対する処罰だった。だが本当のところは、御公儀が町奴だけでなく、今までは見過ごされていた旗本奴の取り締まりにも本腰を入れてきたと見た方が正しいだろう。

かつてのように男伊達や粋を競ったりするような気概は、今の旗本奴にはない。身分を笠に着て、ただ己の欲望や鬱憤を晴らそうとするだけの、本当の破落戸に堕している。それは十郎自身も例外ではなかった。

「この剃り込みを何て言うか知ってるか」

渋面を向けてくる面々に、十郎は己の月代を指差しながら言う。

「唐犬額っていうんだぜ。粋だろう。昔、流行ったんだ」

評定所の一座が、呆れたように溜息をつき、頭を横に振る。

頭の剃り込みだけではなかった。本来なら麻裃《あさがみしも》の正装で臨まなければならないこの場に、毛だらけの臑が剝き出しの半袴に、裏地に飾りの入った羽織という、挑発するような格好で現れたのである。

本来なら蜂須賀家へのお預けが申し渡される筈であったが、この不遜な態度で処分が変わった。

蜂須賀阿波守の屋敷にて、即日切腹が命じられたのである。

お萬の方は姿を現さなかった。我が子が腹を切るところを、とても見られなかったのか。それともあまりに唐突に切腹が決まり、知る由もなかったか。

「十郎殿」

評定所の表へと連行される最中、不意に勘解由が十郎に小声で話し掛けてくる。

「いつだったか、戦国の荒武者のようなものが、本来の侍の姿だとお主は言っていたな」

「ふん。覚えてねえな」

不貞腐《ふてくさ》れた様子で十郎は言う。

「拙者は御公儀に従い、町奴と旗本奴を徹底的に潰そうと考えている」

「町奴相手にぶるっていたやつがよく言うぜ」

「ああ。今も膝を刺された時の古傷が疼く。あの夜のことを思い出すと体が震える。これは拙者の戦だ。十郎殿、お主が教えてくれたことだ」

評定所の門前で不意に勘解由が足を止める。どうやらここまでのようだ。

「今からでも命乞いはせぬか。何なら拙者からも……」

「そんなしょっぺえ真似ができるかよ」

十郎がそう答えて笑ってみせると、勘解由は溜息をついて頭を左右に振り、評定所の中へと戻って行った。

己はきっと、燃え尽きたかったのだ。

権兵衛やお吟に、すっかり遅れを取ってしまった。

うつし世は気詰まりで、己には合わぬ。

地獄の釜の底でやつらといつまでも遊んでいるのが、自分には似合いだろう。

そんな気がした。

蜂須賀邸の中庭に用意された、浅黄色木綿の五幅布団《いつのぶとん》が敷かれた畳の上で目を閉じると、十郎は大きく息を吸い込み、三方の上に載せられた白鞘の短刀を握る。

「先ず今日はこれっきり！」

そして娑婆に別れを告げると、迷うことなく刃を腹に突き立てた。

主な参考文献

『旗本と町奴』栢原昌三・著（国史講習会）
『実録　江戸の悪党』山下昌也・著（学研新書）
「極附幡随長兵衛」（『名作歌舞伎全集　第12巻　河竹默阿弥集3所収）戸板康二・監修（東京創元社）
『幡随院長兵衛』平井晩村・著（国書刊行会）
「番町皿屋敷」（『岡本綺堂読物選集　第11巻』所収）岡本綺堂・著（東京ライフ社）

本書は、デジタルポンツーン二〇一七年十二月号～二〇一八年八月号に掲載されたものを加筆修正した文庫オリジナルです。

悪《あく》党《とう》町奴《まちやっこ》夢《ゆめの》散《ちり》際《ぎわ》

乾《いぬい》緑《ろく》郎《ろう》

平成30年12月10日　初版発行

発行人――石原正康
編集人――袖山満一子
発行所――株式会社幻冬舎
〒151-0051東京都渋谷区千駄ヶ谷4-9-7
電話　03(5411)6222(営業)
　　　03(5411)6211(編集)
振替00120-8-767643
印刷・製本―図書印刷株式会社
装丁者――高橋雅之

幻冬舎時代小説文庫

ISBN978-4-344-42818-8　C0193　い-60-1

幻冬舎ホームページアドレス　http://www.gentosha.co.jp/
この本に関するご意見・ご感想をメールでお寄せいただく場合は、
comment@gentosha.co.jpまで。